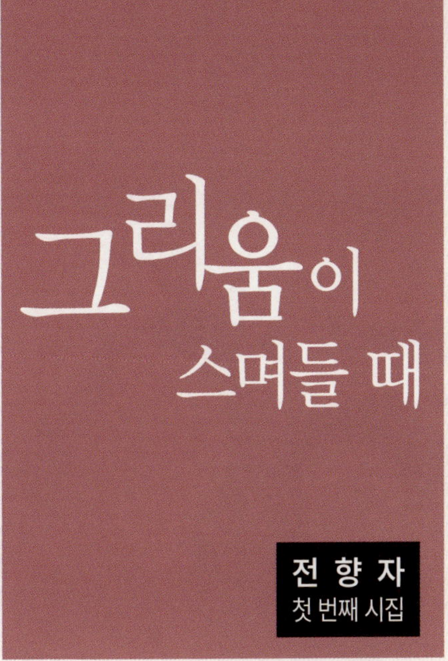

그리움이 스며들 때

전 향 자
첫 번째 시집

동산문학사

젊은 날의 우리들의 자화상

첫손주를 보았을 때 가족 사진

곱게 물든 단풍나무 아래서

필리핀 여행 중에

발리섬에서

대만 골프투어 중

중국 골프투어 중

책을 펴내며

그리움이 스며들어 마음속에 차오르듯 가슴에 담겨 진하게 풍겨오는 날은 그리움이 모락모락 피어오르고, 햇살이 창문을 두드리며 기지개를 켭니다. 황혼의 길목에서 내가 살아오면서 가졌던 삶의 소망하던 꿈을 전해드리고자 이 지면을 통해 부족한 작품들을 모아 한 권의 책으로 묶어 조심스럽게 세상에 내놓습니다.

늦깎이의 설레는 추억을 더듬어 보면서 글로 표현하고 문학의 길을 여러분과 디딤돌을 만들어 갈 때, 창작 활동이 버거워서 괴로워할 때, 용기와 힘을 주시고 칭찬을 아끼지 않고 사랑으로 감싸주신 선후배 문우님께 진심으로 감사합니다

하늘나라에 계신 부모님께 늘 그리움과 보고픈 마음이 가득했는데, 그 사무침을 담아 고향의 집, 따뜻한 사랑을 느끼면서 한 권의 글을 올리게 되어 마냥 행복합니다.

묵묵히 성원하고 든든한 버팀목이 되어주시고
60년을 함께 하여주신 남편에게 감사한 마음 전해
드리고, 나의 울타리요 안식처가 되어준 사랑하는
자식들에도 고마운 마음 전합니다.

끝으로 동아리 활동을 함께한 문우님과 소통
하면서 오래오래 이 행복을 누렸으면 합니다.

2025년 노을이 곱게 물들어가는

가을 창가에서

작가 전 향 자

남편의 축하글

여보! 당신의 시집 출간을 축하합니다.

당신의 영혼을 아름다운 글로 그려낸 시집 출간을 진심으로 축하합니다.

나이는 숫자에 불과하다지만 그 나이에 당신의 영혼을 글로써 표현한다는 게 쉬운 일은 아닐진데 이렇게 멋지게 당신의 내면을 한 권의 시집에 담아낸 당신이 대단하고 존경스럽네요.

늦었지만 당신의 문학적인 열정과 노력이 드디어 세상의 빛을 보게 되었네요. 앞으로도 당신의 섬세하고 풍부한 감성을 담은 따뜻한 시들을 발표하여 많은 사람들이 읽고 감동을 얻을 수 있기를 바랍니다.

정말 자랑스럽고 기쁩니다. 앞으로도 당신의 작품 활동을 응원할게요!

남편 정 현 택

큰아들의 축하글

어머니, 첫 시집 출간을 진심으로 축하드립니다.

팔순을 훌쩍 넘기신 연세에 삶의 추억과 지혜가 스며있는 시들을 엮어 세상에 내보이시는 모습에 깊은 감동과 존경을 표합니다.

곱디 곱게 나이 드시는 어머니의 고운 마음처럼 담담하게 써 내려가신 시 한 편, 한 편에 살아오신 어머니의 인생이 고스란히 담겨 있을 것이라 생각합니다.

이번 출간하시는 시집이 어머니 지인분들과 저희에게 작은 위로와 잔잔한 감동으로 남겨지기를 기대해 봅니다

다시 한번 어머니의 첫 시집 출간을 진심으로 축하드리며 항상 건강하시고 행복하세요.

어머니, 사랑합니다!

큰아들 정 창 모 드림

둘째 아들의 축하글

엄마! 드디어 첫 시집을 출간하시게 되어 진심으로 축하드립니다.

연세가 이제 팔십을 훌쩍 넘으셨는데도 이렇게 훌륭한 시를 쓰시는 모습에 절로 고개가 숙여집니다.

엄마께서 쓰신 시상 한 구절 한 구절 읽다 보면 그동안 잊고 있었던 우리 가족의 엣 추억들이 새록새록 떠오르곤 합니다. 마치 엄마의 인생이 어떤 영화의 시나리오처럼 제 눈앞의 무대에서 상영되고 있는 것 같아 가슴이 찡해집니다.

부디 이 좋은 시들이 맑은 사람들에게 읽혀 조금이나마 행복을 주었으면 좋겠습니다.

물론 엄마의 작품활동 및 시집 출간이 이제부터 쭈욱 계속되시길 바랍니다.

어머님 진심으로 존경하고 사랑합니다.

둘째 정 창 호 드림

막내의 축하글

　부모가 되어보니 이제야 알겠습니다.

　어릴 때는 다칠세라 보살펴주시고, 학생 때는 공부에 매진하여 좋은 대학에 진학할 수 있도록 뒷바라지해주시고, 군 생활 때는 다치지 않고 무사히 전역하기를 기도해주시고, 대학 졸업 후 좋은 직장 들어가서 사회의 떳떳한 일꾼이 되기를 바라시고, 결혼적령기에 좋은 배우자를 만나서 가정을 이루도록 노심초사하셨다는 것을 말이죠.

　부모가 되어 자식을 키우다 보니 그때는 헤아릴 수 없었던 부모님의 따뜻한 사랑을 이제야 감히 미약하게나마 가슴으로 느낄 수 있었습니다.

　이제 제가 부모가 되어 부모님께 받은 사랑을 자식에게 물려주려고 합니다. 제 자식들도 언젠가는 부모의 간절한 마음을 알아줄 날이 오겠지요.

　비가 오나 눈이 오나 바람이 부나 항상 울타리가 되어 길러주신 사랑하신 부모님 오래오래 건강하시고 저희들이 사는 모습 지켜봐 주세요.

　감사합니다. 세상에서 제일 존경하고 사랑합니다.

막내 정 창 환 드림

출판을 축하드리면서

김흥순(시인·수필가)

시인 전향자 님은 깨끗한 자연경관과 청정한 바다로 유명한 고장 완도의 유복한 가정에서 부모님의 사랑을 듬뿍 받고, 유년 시절을 보냈습니다.

그래서인지 전향자 시인은 아직도 여고생 같은 여린 가슴과 순백한 정서를 간직하고 있어 끊임없는 습작을 통해 『그리움이 스며들 때』라는 고귀한 결과물을 내놓았습니다.

『그리움이 스며들 때』 시집은 봄 햇살처럼 아련한 그리움이 익어가는 아름다운 작품으로 독자들에게 감동을 주기에 충분하고 모닥불 온기처럼 타닥타닥 장작 타는 소리처럼 가슴에 젖어 오는 그리움으로 우리들의 가슴속으로 다가옵니다.

작가님의 문학적 열정과 노력의 결실인 『그리움이 스며들 때』 출간을 진심으로 축하드립니다.

앞으로도 꾸준한 창작 활동으로 열심히 노력하여

아름다운 문학의 꽃밭을 만들어가길 바라며, 결혼 생활 60년 동안 남편 사랑을 한 몸으로 듬뿍 받아 왔듯이 앞으로도 예쁜 사랑 받으면서 건강하시고 행복한 나날 되세요.

2025년 단풍이 익어가는
가을 언덕에서

작가 김 흥 순

그리움이 스며들 때
- 전향자 시인의 첫 시집 출간을 축하하며

이 명 란(시인·수필가)

노을빛 저녁 하늘에
당신의 시가 꽃처럼 피어납니다

삶의 기쁨과 눈물 그리움과 추억이 녹아든
시어들은 세월을 견디며 맑은 영혼이 되어
이제 한 권의 시집으로 세상의 빛이 되었습니다

첫 시집은 누구에게나 떨림이자 오래 묵힌
결실의 시작입니다

전 시인의 발걸음이 더욱 빛나는
시작임을 믿습니다

첫 시집의 마음처럼 그리움이 詩가 되고
詩가 삶이 되어 우리 곁에 남아 앞으로 걸어갈

문학의 길마다 은은한 향기와 빛이
함께 할 것입니다

세상의 변화를 채워가길…….

| 차 례 |

제1부　고향의 봄

고향의 봄

고향의 봄

잃어버린 고향의 봄
복사꽃 살구꽃 바람에 흩날리고
이끼 낀 뒤뜰 작은 옹달샘
동식물들이 공유했던 안식처
알싸한 갯내음
바닷바람에 밀려와 코끝을 스치면
어디선가 더덕 향이 시샘하며 달려왔다

옹이진 산몰랭이 조그만 빈터에
솔잎 피리 아스라이 울려 퍼지면
풀벌레들 연주회가 시작되던 밤
세상은 하나둘 잠들어 꿈에 젖고
꿈속에서 수많은 별들 쏟아졌으리

숱한 나날 무엇 하다 빈손으로 여기 왔나
산 넘고 바다 건너 그곳에 있을 고향의 봄
밤마다 똑딱선은 호롱불 깜박이며
세월을 싣고 멀어져 가는데
떠오르는 고향의 밤하늘!
그 품에 안겨 잠들고 싶어라.

색동저고리

어머니가 만들어 주신
꽃 자주 치마에 까치 색동저고리
새색시 볼처럼 수줍은 앞섶 위에
옷고름 접어 달고
다림질하시던 고운 손

오랜 세월 묵묵히 가족을 지키고
어머니 손길 닿는 곳마다
윤기가 흐르는 대청마루
따뜻한 미소로 품어 주시던
자애로운 흔적

이젠 멀어져긴 저편
기억마저 희미해 가물거리는
무상한 세월

오늘따라 물항라 저고리가
잘 어울리시던
고운 자태의
어머니가 그리워진다.

설 명절

명절이라고 애들이 온다
새치가 희끗희끗한 큰아들
둘째는 아직은 안보이고
막내는 씩씩한 청년이다

손주들이 언제 자라서
쳐다보아야 하고
손녀딸은 완도로
발령을 받아 준비 중이다

언제인지 모르게 훌쩍 커 버렸을까
어렸을 적에 할머니 할아버지하고
달려와 품 안에 꼭 안겨 오던
손자 손녀들을 보면
행복했었지만

어느새 노년이 되어있는
우리들을 바라보면
세월이 너무 빠른 것 같아
붙잡고 싶은 욕심이 생긴다

철새들처럼 왔다가 모두
떠나고 나면 빈 공간이
너무 넓어 창밖으로
시선을 돌려보지만
높고 푸른 하늘만
우리 부부는 기다리고 있었다.

검정 고무신

내 나이 여섯 살 입학할 때 신으라
아빠가 사다 주신 검정 고무신
머리맡에 올려놓고 잠이 들었다.

입학할 때 입으라고
엄마가 만들어 준 풍지산 블라우스
양쪽에 끈이 달린 예쁜 책가방
가슴에 안고 뜬눈으로 밤을 지새웠다

학교는 이 삼 킬로
고개를 넘어야 하는 먼 길

오고 가는 길에
무덤이 있어 무서웠다
그곳을 지나려면
모두 손을 잡고
죽을힘을 다해 달려갔다

나보다 세 살 많은
언니가 나를 등에 업고

힘을 다해 무덤을 지나
나를 내려주며 괜찮다고
눈을 떠도 된다고 얼굴을 만져 주었다

그러나 삼 학년이 되었을 때
이사를 하게 되었고
무심한 세월의 흔적들
홀로 서 있는 나에게

지난 추억 그 언니가 보고 싶고
수많은 세월이 흐르는 동안
오랫동안 잊고 살았던
옛날이 이렇게 밀리 와 있을 줄은 몰랐다
그때가 너무 그리워지며
마음이 아련해진다.

고사리

지금쯤 산에 가면
아기 손 같은 고사리
쑥 자라나서 귀여움을 떨고 있겠지
비 온 뒤 통통한 자태로
재롱을 떨고 있겠지

동생 집 뒷산에는 취나물 머위나물
쑥 둥굴레차도 하얀 꽃을 피우며
여기저기서 키 자랑
하고 있는지 궁금해진다

두릅도 가시를 줄기에 꽂아놓고
꺾어가는 사람들에게
잠시나마 고통을 느끼도록
잔인한 미소로 유혹하고 있겠지

봄비 소리에 눈을 뜨고
봄바람에 예쁜 볼 붉히며
산새들의 울음소리 깊어지는 봄
말없이 손 흔들며 멀어져 간다.

늙은 호박

둥글납작 펑퍼짐한
늙은 호박
풀숲에 숨어 노랗다 붉어진

오렌지색 통치마 자락에
푸르스름한 앞치마 두르고
시장 바닥 한구석에
수줍게 눈을 깔고 얌전을 떨어 본다

많은 시선 외면하고
불그레 미소 지은 볼
곁눈질해 눈치를 살핀다

어서 오세요. 날 데려가실 분
보기엔 늙어 보여줄 주름투성이지만
착하고 마음씨 고와
인정 많고 순정 깊은 아가씨

성은 노랑 이름은 호박
둥글납작 노랑 호박
여기 있어요.

가고 없는 지금

눈앞에 아른거리는
내 고향 옛집
복사꽃 살구꽃 곱게 피고

붉게 물든 저녁노을
함지박에 가득 담겨
모락모락 피어날 때

알지 못할 설렘
고샅으로 달려가면
반 조각난 달님
웃으며 반겨주고

헝클어진
머릿결 곱게 내려 빗으니
어머니 모습은
그리움만 쌓이고
옛집은 어디로 갔는지....

16강

저물어 가는 2022년
밤잠 설치며 응원한
포르투갈과 월드컵 경기
선수들의 맺힌 땀방울
진주알처럼 빛난 16강

대한의 아들
응어리진 한을 풀고
잠재력을 보여준 패기

우리들의 가슴에
내일의 희망을 보여준
대한민국 끈기

어떤 어려움이 있어도
끝까지 포기하지 않은
자랑스러운 도전 정신

힘내자
대한의 아들
파이팅!

금목서 향기

날마다 걸어 다니는 숲길엔
노란 햇병아리 깃털보다
더 부드러운 빛으로 물든
작은 꽃잎들이
밤하늘에 별들처럼
숨어 살고 있었다

바람에 날리는 짙은 향기는
오가는 사람들 발걸음
멈추게 하고
잎새 푸른 가지 사이에
황금빛 작은 왕관들처럼
반짝거리는 금목서 꽃잎들

은은한 종소리 되어
숲길에 퍼지고
그 향기에 취해
나는 또 그 길을 걷는다.

가위바위보 인생

삶이란 가위바위보처럼
승부를 가릴 수 있는 것도 아니고
방식대로 산다고 해서
우등생이 되는 것도 아니고
옳고 그름을 가릴
성인군자가 되는 것도 아니다

머리를 조아린다 해서
죄 사함이 이루어진 것도
더욱 아니더라

죽도록 사랑한다 해도
영원한 사랑이 이디 있으며
이별 없는 사랑이 어디 있으리

억겁億劫 년을 산다 해도
변치 않을 사랑
세상에서 하나뿐인
조건 없는 어머니 사랑
헤아릴 수 없는 그 사랑 외엔
물거품처럼 사라진 모래성.

나의 고향

크고 작은 아름다운 섬
목섬 꽃섬 질매 섬 비견도
잃어버린 섬들 이름이
생각이 나지 않고 내 마음
깊은 곳에서 맴돈다

해삼 전복 고동 새우 바지락
단백질 공급해 주던 돌 석화
그곳에 가면 변함없이 산새 울고
밀려오는 파도 따라 물새들

좁은 산 비탈길 오르면
오래된 연락선 기적소리
산울림 따라 여운을 남기고

형형색색 작자 미상의 조각품들
신천지를 이루는 곳
산 끝에 지는 해가 노을에 물들 때
바위섬은 아름다운 공원이 되어
평화로운 세상으로 탈바꿈하는 그곳
내가 그리워하는 마음속 고향이다

그 바다 그 파도 그 노을
고운 고향 바닷가
내 어릴 적 꿈의 궁전
마음의 풍요가 깃들었던 안식처
눈 감으면 별처럼 떠올라
황홀한 꿈에 젖어 입가에 미소가
떠나지 않고 번져간다.

꽃섬

아득한 기억 속
세월은 흘러가고
고향의 바닷가를 거닌다

동녘에 떠 오르던 햇살이
파도를 타고
일직선을 그리며 다가온
섬마을 아침
눈이 부시도록 찬란하다

파도에 실려
유희를 즐기던 갈매기 떼
그 고향 바닷가
잃어버린 나를 찾으러
그곳에 가 보고 싶다

꿈속에서라도
내 고향 바닷가 아름다운
꽃섬에.

그게 첫사랑

내 어릴 적
좁은 골목길 지나
넓은 신작로 길에 들어서면
가게도 있고 약국도 있고
철물점 지나면 학교가 보였다

목소리만 들어도 가슴이 덜컥
어쩌다 눈빛이 마주치면
아닌 듯 고개를 돌렸던 얼굴

어느 날인가 등 뒤에서 들려오는
발걸음 소리
무심결에 휙 돌아보다가
놀라 뛰는 가슴

복숭앗빛으로 익어 버렸네
세월이 흐르고 난 뒤
바람에 전해오는 말
내가 그 머스마* 첫사랑이었다고.

____

* 강원, 경상, 전북, 충북(방언)

임이 오는 길

비 오는 골목길에
임의 발걸음 소리
흔적 없이 멀어지고
임의 향기 실어 오는
새벽안개 한숨 소리

고개 넘어 할미꽃
벌써 지고 없는데
앞산에 진달래
누굴 기다리다
말없이 시들어 가고

스쳐 지나간 가랑비
임의 흔적 멀어지고
눈물 되어 흐르는 빗소리
짙은 안개 속으로
흔적 없이 가고 없다.

어머니의 자장가

자장자장 예쁜 우리 아기
하늘나라 아기별도 자장자장
세상에서 둘도 없는 우리 아기
꽃밭에다 눕혀 주고
미운 애기 남의 아기 새똥 밭에 눕혀 준다.
자장자장 예쁜 우리 아기

어머니 등에 업고
불러주던 자장가 문득 떠올라
어렴풋이 생각해 보니
팔십 년 전에 엄마의 등에서
따뜻하게 들려오던 그 목소리
아련하게 들려와 눈가에 맺힌 이슬

하늘의 아기별도 고개 넘는 반달도
친구 되어 손을 잡고
꿈속에서 달리기하던
먼 옛날 따스했던 우리 엄마 등
세월은 멀리 가서 돌아올 줄 모르는데
또다시 들려오는 엄마 목소리.

갈대의 눈물

갈대꽃 머리 휘날리며
만추에 젖은 낙엽 돌아보니

풍성한 가을 밥상 앞에 앉아도
하늘은 높고 오라는 사람 없는데
그림자 달려와 서성인다.

은하수 저 멀리 멀어져 가고
목 타는 강물에 옷깃 적시면

아무도 없는 빈 설원에
맨몸으로 드러누워

살 에이는 고통 참아내며
가슴속 묻어둔 설움
어찌 다 토해내리.

가을 하늘

하늘을 보라
하얀 구름 모여 성을 쌓고
조각구름 모여 오두막을 지었다

산과 들은 정원 되고
푸른 하늘 호수 되어
가을이 깊어진다

깊은 계곡 폭포수
씻어내려 한 치의 오물도
남겨두지 않았고

세상에 오해와 진실
포장되지 않은 자연의 본심
꾸밈없이 이어져간다

위대한 자연 앞에
작아지는 겸손으로
근심 걱정 버리고
가을 하늘처럼.

가을이 간다

맑고 푸른 하늘
아 벌써 가을인가

마음이 허황하다.
한철을 풍미했던 오색 단풍잎

떼창으로 울어대는
매미들 소란 굴러간다

아직은 무더운 열기가 뭉그적거릴 때
불어오는 가을바람

조금씩 짧아져 가는 해거름
고달픈 인생살이 저물어 간다

오늘보다 짧은 내일이
고개를 내밀고
우리 곁에 머물렀던 가을 하늘
더 멀어져간다.

가짜의 봄

이제는 가짜 계절
봄은 봄이건만 벌 나비도 날지 못하고
꽃은 피어도 꽃샘추위에 얼어붙어
열매를 맺지 못하는 이상기온
지구의 앞날은 어찌 될까
기상이변으로 발화되어
산림들이 불타고 인명피해로
지구의 멸망
핵전쟁으로 인명을 앗아가고
세계의 유산들을 파괴하며
인류의 종말을 앞당기려고
야망에 혈안이 되어있는 인간들
하늘은 노하여 경고하고 있는데
세 치 앞을 내다보지 못한 무지함
사리사욕에 눈이 멀어
꽈리를 틀고 목을 세워
자기가 옳다고 핏대를 올리며
못 잡아먹어서 안달이 나 있는 것일까
화려한 커튼의 양면처럼
뒤집어도 흑은 흑이요 백은 백인데
백을 흑이라고 우기면 어찌 될까?

제2부

계절의 소리

계절의 소리

철 따라 찾아오는 계절의 변화
어제는 하루 종일 비가 내렸지
귓가를 스쳐 가는 바람 소리에

가로수 나뭇잎은 철들어 흔들리고
사랑하다 지친 숨바꼭질
남모르는 가슴앓이

가을의 모퉁이에 낙엽 흩날리고
비에 젖어 한잎 두잎 땅 위에 누우면
새로운 생명을 싹틔우기 위해

땅속에 묻혀 영양제 되어주는
자연의 오묘한 신비여
봄이 오면 다시 태어나

산과 숲이 우거져
꽃과 나무 사이를 누비며
자연의 순환을 이어갈 것이다.

갈대꽃

친구가 보내준 엽서에 실려
예쁜 갈대꽃이 웃으며 내게 왔다

가녀린 몸매 바람에 나부끼며
한사코 고개를 흔들어 댄다

지루했던 여름 지나
매미들 봇짐 싸 고향 집 찾아가고

흔들리는 갈대꽃 노래하던 청 노새
봄이 오면 다시 오마 언약했는데

설움에 지친 낙엽만 갈길 재촉하다
찬바람 된서리에 목이 멘다.

규봉암

아침 해가 떠오르면 동녘이
밝아오고
저녁이 무르익으면 서녘이
어두워지는 곳

규봉암 텃밭에 심어놓은
열무밭에
벌레들이 떡잎은 갉아 먹고
줄기만 달랑 남겨 놓았다

잎은 간데없고 줄기만 남았는데
거미줄만 무성하여
쓸모없는 푸성귀
어디다 쓸고 답답하여 물었더니

벌레가 뜯어 먹었어도
줄기라도 남겨두었으니
후한 인심에 고맙다고
사심 없는 얼굴에 번지는 미소

하찮은 벌레 생각하며
약 한 번 하지 않고
돌봐 주는 선한 양심
부처님이 여기 계셨네.

그 겨울

진한 커피 한잔 앞에 놓고
호호 불며
바라만 보아도 반짝이는 눈빛
너와 나는 영원한 친구일 줄
알았지

꼭꼭 숨어 숨바꼭질하며
이별 속으로 멀어져간
그 겨울

추억 속에서 그려보지만
너의 얼굴은 희미한 영상일 뿐
내 곁에 머무르지 못하는구나

어느 세월에 너와 나
다시 만나 사무친 그리움
꽃송이처럼 활짝 피워볼까
세월은 자꾸만 뒷걸음쳐 가는데.

고개를 넘으면

구름도 쉬어가고
바람도 잠들어
인적 드문 고갯길

노송 하늘 향해 한가로이
졸음을 잠재우고
흘러가는 구름 따라
사르르 눈을 감는다

나른한 오후
솔잎 베개 삼아
평화로운 안식
손 내밀며 잡힐 듯
마음의 고향
뒤돌아 갈 수 없는 회한
고개 넘어 그곳에도
다가올 봄을 그려본다.

그곳에 가면

그곳에 가면 웬 사람들이
그렇게 많을까
나 혼자 아픈 것 같아도
검진받으러 온 사람
처방전 받으러 온 사람
그 사람 중에 나도 끼어
무료한 시간을 버티고 있다

나이 탓을 해볼까
나이를 이토록 먹었는데
아픈 곳이 어디 한두 곳뿐이겠나
여기도 저기도 아프고 쑤시는데

그러려니 하고 살아가는 세상
왔다가 가는 길에 미련 두지 말고
거울 속의 나에게
얼굴이라도 매만져 주며
고생한다고 말해 주자

아프면 집 가까이에 병원도 많은데
무슨 걱정이 이리 많은지.

그때는 왜 몰랐을까

물안개 내리고 간 끝자락
밤새워 함께한 달빛이
호수 속에 드리워진
산 그림자 흔들어 깨우며
하늘 달 내 마음을 품어주었다

저 멀리서 들려올 듯한
녹슨 철로 위의 기적 소리
귓가에 머뭇거리고 들릴 듯한데
바람 속으로 멀어져간 그리움인걸
이제야 알 것 같다

가을하늘 푸르건만
애증의 강물은 소리 없이 흘러가고
황혼의 노을빛 눈가에 물들면
예스러운 추억 속에 한순간이 될 줄
그땐 왜 몰랐을까

가로등 꺼져버린 어둠 속
그림자도 잠든 고요한 밤
바람 앞에 스쳐 지나가는
한 조각 헤픈 꿈인걸.

기다려 주지 않는 세월

세상은 어제처럼 우리를
기다려 주지 않는다
오늘은 내 곁을 떠나갔으니
내 삶의 빈틈 사이로
일상의 풍경들이

내일은 내게로
아니 올 줄도 모르는 일
오늘도 한순간에 지나간다오

하늘에 반짝이는 별들도
구름 속에 가려진 달과 같이
날이 새면 어디론가 사라져
모습을 감춘다

내일을 위해 오늘을 아끼는
어리석음을 늘 반복하며
언젠가 닥칠 운명의 소용돌이
가로막을 자 세상에
누가 있겠는가

한순간에 끝나버릴 남은 인생
후회 없이 감사함으로
마음을 비우고 자유로워지길.

꽃바람

내 마음 꽃처럼
아름답게 피어 보리라
아니면 시원한
꽃바람이 되고 싶다

소나기로 태어나
폭포수가 되어 보리라
해는 기울어 석양으로 달리는데
황혼의 노을 먼 낯선 길
왜 홀로 서 있는가

꽃바람 구름도 제 갈 길 가는데
무슨 미련 남아
이곳저곳 기웃거리다
후회하는가

내 마음 꽃처럼 구름처럼 바람처럼
살다가 가면 좋으련만.

꽃샘추위

겨우내 추위와 싸우며
꽃망울 지키려
숱한 날 온 힘을 다해
몸부림쳐 가며

잉태한 꽃망울
꽃샘추위에
허무하게
기다리다 지치고

동토 속에 아름다운
꽃 한 송이 피우기 위해
따뜻한 봄을 기다렸건만
설레는 마음 안타깝다.

나이의 맛

세월이 가는 줄도 모르고
오늘만 생각하고 살아왔는데
세월이 나이를 삼켜버린 시간
정신 나이는 그대로인데
몸이 나이를 실감한다

세월 흐름을 붙잡아
조금 늦출 수는 없을까
바보 같은 생각을 가져본다

칠십까지 약을 모르고 살았는데
하루라도 먹지 않으면
조바심이 앞을 가로막는다
어찌하면 걱정 없이 살아갈 수 있을까
안타까운 삶이 아닐 수 없다

한 사람의 영혼으로 두 사람이
살아간다고 자부하던 우리 부부도
약으로 생활하니
약이 없이는 동행이 어렵다

어떻게 하면 약도 줄이고
시간도 절약하며
살아가는 방법이 없을까
생각해 봐도 묘안이 떠오르지 않는다.

낙엽

저녁노을이 너무 곱다
구름 사이로 누벼진 서녘 하늘
노년의 아쉬움 가슴에 묻으니

오늘 하루 일어날 일
한 치 앞을 알 수 없는
하루하루가 미로였다.

젊은 날이 내게도 희망으로
돌아오리라
어리석은 생각에

지친 마음 무거워져
달빛 어두워 그늘이 지면
은행잎 지고 난 가지 위에

떨어져 구르는 붉은 단풍
바람에 쫓겨 갈 길 찾지 못하고
서성이는 나의 모습 이런가.

낙엽의 연서

낙엽 떨어져 쌓여 있는 길
빨간 단풍잎 하나
손에 들고 바라보니
곱고 예뻐서 내 마음
정원에 꽂아두었다

어느 날 노란 은행잎
손바닥에 올려놓고 보니
황금빛 보석처럼 눈이 부셨다

마음속 정원에 꽂아두고서
까맣게 잊고 살다가
어느 날 분득 그 예쁜 낙엽
정원 뜨락에 문을 열고 보니

빨강 노랑 물감으로
수채화를 그려놓고
기다리다 지쳐
낙엽의 연서를 쓰고 있었네.

낙엽의 흔적

툭 한 잎 떨어진 낙엽
여린 새싹이 세상에 태어나
모진 비바람 견디며
초록 입으로 청춘을 보낸 뒤

정들었던 엄마 품 떠나
홀로 떠나려 붉은 옷 갈아입고
바짝 메마른 겉옷 한 벌 걸치고
낙화암의 궁녀들이 되어 날리네

지천에 깔린 낙엽들의 길
파삭거리는 아픔의 신음
가슴 에이듯 떨쳐 버리고
아쉬운 추억만 붉게 타며 날리네.

내 자화상

귀뚜리 소리 잔잔해진 뜨락
하얀 장미꽃
우아하게 자리를 잡고

더위에 지친 들녘에도
고추잠자리 날개 펴고
세월은 흘러 자기 갈 길
말없이 가고 있고

오라고 부르는 이 없어도
서늘한 바람이 불어와
더위에 지친 나를 위로해 주려
가던 길 접어두고 뒤돌아본다

여름이란 계절을 바짝 묶어두고
한탄했던 자리엔 늦여름 봉선화
접시꽃 사이로 날개를 다시 편다.

여든둘의 내 여름은 이렇게 왔다
실없이 가버리면
나에게 다가올 가을을 맞이하겠지.

길을 묻는다

쉬어가는 구름길 한켠에
긴 한숨 실려 보내고
어디로 가는지 바람에게

화려했던 옛날 검은 머리 찰랑이며
두려움 없었던 그때는 쉬이 보내고
서리 맞은 머릿결 쓸어내리며
길목을 서성이다

굵은 주름 속에 파묻힌
거울 속의 내 자화상
연습도 할 수 없는 삶 앞에
무력한 나날을 받아들이며
고운 노을 품에 안고도

길 잃은 미아처럼 방향을 잃고
싸늘한 바람을 맞으며
또 길을 묻는다.

너덜겅 약수터

이른 새벽부터 물통 하나
배낭에 담아 등에 메고
물을 받아 오기 위해
토끼등을 지나 약수터로 간다

줄을 서 있다 차례가 되어
물 한 통 받아서 배낭에 넣고
흐르는 땀방울 훔쳐내며
너덜겅 돌밭 길을 뒤로하고

얼마를 걷다가 돌아보니
기찻길처럼 긴 행렬이
자꾸만 늘어난다

저만큼 가다가 또 돌아보니
모두가 즐겁고 행복한 날들
오래되어 퇴색된 그림 속의 영상
넓게 깔린 바위틈 사이로
솟아오르던 물줄기
지금도 변함없이 흐르고 있을까.

노장들의 순정

오고 가는 길손들아
무에 그리 바쁘신가
천천히 걸어가도
거기까지 가면 되지

앞서가고 뒷서가도
목적지는 단 한 곳
가는 길은 서로 달라
이리저리 엇갈려도

가서 보면 세상살이
어려웠다 한탄 소리
잘난 너도 못난 나도
굽이굽이 고개 넘어

이곳까지 살아와서
서운한 걸 보드라도
못 본채 고개 돌려
모르는 채 돌아가세

팔십 고개 넘은 순정
외롭다고 하지 말고
좋은 일을 보거들랑
함께 가서 축하하세.

노을빛 아래서

앞산 노을빛 석양을 품어
일곱 빛 무지개 치맛자락 휘날릴 때면
보리피리 은은하게 들려오는 듯

멋진 황혼빛 어둠에 싸이고
그림자 희미해진 언덕 아래
쏟아지는 별빛을 헤매며
정다운 친구들 모습 떠올려본다

그리움 달래보려고
시상을 떠올라 적을까 하면
고개 한번 돌리고 나면
금방 사라져 버려
아무리 꺼내려 애를 써도 오리무중

아쉬움에 멍하니 창밖을 바라보며
어둠에 지쳐 사라져 가는
흩어져버린 시상들 주워 모아
구슬처럼 역어 놓고
하나씩 꺼내어 다시 쓸 수 있다면
나는 행복한
글쟁이가 될 수 있으려나.

제3부

당당 멀었다

당당 멀었다

어디만큼 왔냐 당당 멀었다
어디만큼 왔냐 당당 멀었다
어디까지 왔냐 철수 집까지 왔다
어디까지 왔냐 영이 집까지 왔다

깔딱 고개는 멀었냐 당당 멀었소
보릿고개는 넘었냐 당당 멀었소
몇 살이나 먹었소
아직은 마흔아홉

멥쌀 찹쌀 보리쌀 벳쌀까지 먹었소
누가 주워 먹었소
보릿고개가 주는 대로
허기져서 먹었다오,

깔딱 고개는 넘었소 당당 멀었소
보릿고개는 넘었소 당당 멀었소.

동반자

내가 하늘이라면 꿈속을 헤매고
내가 구름이라면 안개 속을
헤매 일 거야

누군가 나를 위해
꽃비가 되어주면
고마움에
그 꽃비를 맞고 생기를 되찾고

삶의 아름다움을 노래하며
역사 속에 물레방아처럼
돌고 돌아보리라

그 사랑의 열정에 순응하며
인생은 아름다운 순례자의
영원한 동반자의 길을 걸어가
보리라.

눈 내리는 날

하얀 눈이 온 세상을
나무마다 흰 꽃으로 쌓인 아침
오가는 차량들 슬금슬금
아침에 치과에 가다가 팔을 다쳐온 우리 남편
오늘 하루 외출하지 말라고 당부를 한다

속없이 나는 모임에 가겠다고 고집을 부리고
이렇게 춥고 미끄러운 날 나가지 않았으면 하고
걱정한다
하지만 나를 기다릴 친구들 생각에 집을 나섰다
한의원에 가서 침이라도 맞고 오라고 했더니
밖에까지 따라 나와서 당부한다

오래된 등산화를 꺼내 주면서
신고 가라는 것이 아닌가
무거운 신발을 신고 가라면서
못 가게 했다고 살짝 성질이 나서
나는 속으로 코를 쓱쓱 불었다

그런데 집에 돌아와 보니 오른쪽
손목이 퉁퉁 부어올라 있었다
얼른 물을 데워 찜질을 해주면서
얼마나 나를 기다리며 원망했을까
돌아오는 승강장까지 마중 나와
내 손을 잡아 주는 남편인데.

눈이 온다

그다지 춥지 않은 날씨에
이 겨울이 다 가도록
오지 않을 것 같았는데

눈이 온다며 밖으로 나가자는
남편 따라 잠시 젊은 연인이 되어
하얀 눈이 발목까지 차오르는
뒷산으로 향했다

쌩쌩 불어오는 회오리바람에
수북이 쌓인 눈길을
외투 자락 여미며
골목길 카페에 들러 커피 한잔

넘어질까 두려워 꼭 잡은 손 놓칠까
따스한 온기 느끼며 함께 숨 쉬고 있는
여유로움에 감사
고목에 싸여있는 눈꽃 가지 앞에서
인증 샷으로 발자국 남기며
노년의 아름다운 뒷모습.

단비 오는 날

작은 내 텃밭에
가지, 오이, 고추 모종을
세 나무씩 심어놓고

비가 오기를 기다렸지만
일기 예보는 야속하게
텃밭 식물들을 걱정하게 한다

그런데 아침에 일어나
창문을 열어보니
산뜻한 바람과 빗소리가
어우러져 상큼한 아침을 열어 준다

몸이 날아갈 것 같이
기분이 너무 좋았다
단비를 맞은 텃밭에는
푸른빛이 더 짙어져
파란 세상이 더 진해져 간다.

능소화

향 맑은 미소
오렌지색 꽃들이
곱게 피어 어울리고
아름다움 자랑 하고파
밝은 달이 떠올라

인적이 드물 때쯤
월담을 한 꽃순들이
서로 고개를 내밀고
담장 밖을 살펴본다

모퉁이 굽은 골목 지나면
채송화 나팔꽃 봉선화
이름 모를 야생화 들이
옹기종기 모여
사랑을 나누는 모습
평화가 함께하고 있다

바라는 것도 없고
자연의 순리대로 감사하며
기뻐하는 모습을 보고

월담을 한 꽃들이
고개를 숙이고 돌아서서
속삭이고 있다.

달님, 별님

어두운 밤 홀로
등불 켜 들고
나그네 가는 길
밝혀 주는 달

별님
캄캄한 어둠에
쌓인 밤
별똥별 쏟아져
흘러내리면

길 잃은 나그네
이정표 되어
앞길 비추어
안내해 주는
고마운 별님.

달밤에 우는 뻐꾸기

뻐꾹 뻐꾹
지난해까지 아침이면
우리 집 뒷산에서 뻐꾸기가 울었다.

올해도 행여 울어 줄까
아침저녁으로 귀 기울여 보지만
끝내 울어 주지 않았다

무슨 일이 있었을까 궁금해진 나
보따리 싸 들고 어디로 이사 갔나
여름 가고 찬 이슬 내릴 텐데

어둠이 밀려오는 저녁나절
고즈넉한 적막을 깨뜨린
애절한 너의 목소리 뻐꾹 뻐꾹

어디서 둥지를 틀었을까
달밤에라도 옛집 찾아와
울어 주면 우리 모두
반갑게 반겨 줄 텐데.

독백

늦여름 해 저문 날
무심한 바람에
코스모스 힘겨워 쓰러져 눕고

유난히 맑은 서편 하늘
안개구름 몰려와
저녁놀에 달무리 짓고

아련한 그리움마저
잿빛 달 속으로
숨어 버렸다

긴 여정에 지친 나그네
여객 집 작은 방 한켠에
등 기대고 누우면

주마등 아래 싸늘한 바람이
낙엽 구르는 소리와 함께
소리 내어 울음 우는 밤

홀로 왔다가 홀로 가는 길
무슨 여한 남아 잠 못 들고
뒤척이는가.

매미들의 음악회

여름은 익어가고
더위는 흐르고
귓가에 잔잔한
매미들의 천상의
음악회가 열렸다

높낮이와 강약이 분명하게
세찬 소나기처럼 쏟아지다가
연약한 보슬비처럼 잔잔하게
지휘자의 손끝 따라
훌륭한 하모니를 이루고 있었다

저음 고음 이탈하지 않고
아름다운 악단 호흡을 맞추며
온몸 불사른 정열의 노래

어둡고 깊은 땅속에서
누구의 돌봄도 받지 않았던
오케스트라의 여운이
뇌리에서 떠나지 않고 지금도
쓰르라미 맴맴 쓰르라미 맴맴.

무화과

꽃이 없어도
열매가 열리는 무화과
자연의 섭리 놀라운 기적

무화과가 열리는 9월이 오면
엄마가 좋아한다고
풍성하게 사 가지고 온
막내

그 무화과를 먹고 나면
마음에 있는 모든 잡념
고통이 사라지는 것 같다

내게 다가온 달콤한 무화과는
큰 선물이요 희망의 열매다

올해에도 무화과를 먹고서
건강한 한 해를 보내야지
엄마하고 부르며 달려오는
막내 얼굴이 웃으면서
다가와 마음이 설렌다.

무공해 비행기

날씨가 하도 더워
더위를 피해 볼까
숲길로 나갔다

빈 의자에 앉아 있는데
소리도 없고 공해도 없는
자주색 갑사 도포에

부티 나는 외모 갖춘
귀공자 나타나
이곳저곳 살피면서

온열 질환자 있나 없나 살펴보다
이상이 없는 걸 확인하고
다시 비행을 시작해 바삐 날아간다

소음도 매연도 없이
네 개의 날개로
주위를 선회하던 잠자리 비행기는

우리들의 어릴 적 꿈속으로
데려다주고 휭하니 떠나가
어느 활주로에서
비행 준비를 하고 있을까.

무등산은 알고 있다

산허리 굽어서 꼬불꼬불
무등산 정기 받아 흐르는 계곡
광주의 아픈 역사 가슴에 안고
말없이 품어 준 너의 아량

언제나 변함없는 절개의 역사
잊지 말고 그대로 흘러
훗날의 우리 시대 이야기
후손들에게 전해주렴

퇴근할 남편을 기다리다
총칼에 쓰러져 간 임산부의 아픈 사연
학교에서 돌아오다 이유 없이
목숨을 잃고 죽음이 무엇인 줄도 모른 채

싸늘한 시신이 되어
엄마 엄마 목 놓아 부르다
차디찬 시멘트길 위에서
넋이라도 잠들었을까

정의는 반드시 부정을
이겨내는 힘이 있다
그 힘은 언제나 불의에 굴하지 않는다

지나간 옛 상처 모두 잊고
먼저 간 희생자들의 영혼을 위해
해야 할 일은 무엇일까

그때 희생자들이 너와 나일 수도
있었던 것 밤이면 창문에 이불 들러
쳐놓고 날밤을 새우던 그때 공포에
떨었던 순간을 어찌 잊고
살 수가 있단 말인가

무등에서 흘러내리는
광주천의 말 없는 아픔을
이제는 우리가
품어 주어야 할 때가 아닌가.

무등산의 추억

다리 성성할 때
한 번이라도 더 오를걸
육신이 노화되어 오를 수 없네

백마 능선 갈대는 올해도
말 깃털 바람에 휘날리며
힘차게 달리는 모습 눈에 선한데

중머리재에서 바라보던 자태
머릿속에서만 그려보는
말할 수밖에 없는 추억

흔적 없이 흘려보낸 세월
초겨울의 오싹한 냉기가
온몸을 감싸 파고든다.

무정한 세월

꽃잎으로 수를 놓아
찻잔 위에 올려놓고
한잎 두잎
바람 속에 날려 본다

푸르던 호시절
어디로 간곳없는
무정한 세월

오색실에 묶어서
바람 따라가고 없고
허물 벗은 옷자락에
상처만 남았구나.

무지개 휘감고

쑥 내음 흩어지는 언덕에 올라
연둣빛 세상을 마주하고
스쳐 흐르는 청아한 물보라
얼어붙었던 두 발을 적셔
잠들었던 내 영혼을 깨워 본다

녹음 우거진 오월의 어느 날
라일락 꽃향기 바람에 실려와
뻐꾸기 울음에도 한이 있었나
알지 못할 서러움이 나를 울렸다

가던 길 접어두고 뒤돌아서서
그림자 돌아보니
그리움 품었던 사랑
미련으로 남아 오늘도 하염없이
마중 나갈 준비를 해본다

기다렸던 봄 지나 여름 오면
소나기 그친 맑은 하늘 어딘가에
남몰래 뜨는 일곱 빛깔 무지개
훔쳐다가 온몸에 휘어 감고

가버린 사랑 노래 애처로워
어찌 부르리.

물새 한 마리

수양버들
너울거리는 파도 타고
봄바람 하품할 때

물새 한 마리 놀다 지쳐
그늘에 숨어
잠이 들었다

눈을 떠 하늘을
쳐다보니
흰 구름만 흘러가고
새벽은 밝아오는데
기다리라 해놓고
오지 않는 어미 새

소리쳐 불러도
대답은 없고
또 하루가 저물어 가

기다리다 지친
아기 물새
발가락 손으로 눈물 닦는다.

민들레꽃

옹색한 바위틈
해묵은 시멘트 길
작은 공간

장소 불문하고
씨앗 하나 몸 붙일 곳
있으면 내려앉아

꽃을 피우는 민들레
발길에 밟혀 만신창
으깨지고 상처 난 몸

딛고 일어나
한쪽 발이라도
버틸 수 있으면
반쪽 꽃이라도 피워낸
너의 끈기를 본받을 만하다.

젊음이 최고

바쁘게 돌아가는 세월 붙잡고
하소연을 해본다

봄이 오면 시샘하듯 꽃 피고
잎은 푸르러 자연은 그대로인데
옷장에 걸려있는 예쁜 옷들
철이 바뀌어도 바깥 구경해 보지 못했다고
불만으로 가득 차 있다

외출 땐 무엇을 입고 나갈까
정장 한번 입어볼까 아니야 불편한 신발이며
무거운 핸드백 갖출 것이 많아 거추장스럽고
어색하기만 하다 결국 이 옷 저 옷

끈이 달린 가방 청바지에 면티를 걸치면
그렇게 편하고 좋을 수가 없다

나이가 들수록 자신을 가꾸어야 한다는데
모든 것이 귀찮고 몸도 유연하지 못해서
그냥 편한 것이 제일 좋다

세상에서 제일 부러운 것이 있다면
모든 것 다 버린다 해도 젊음뿐이다.

제4부

인생 고개

인생 고개

몸이 괴로우면 만사가 싫고
마음이 편치 않으면
천하가 내 것이라도
모든 것이 싫어진다

사랑하며 웃고 살날
얼마나 남았다고
노력하며 아등바등

내가 가면 너도 가고
한 번 가면 그게 끝인데
노령의 빗줄기 산사에 걸쳐 있네

잘살고 못살아도 거기가 거기였는걸
망각하고 살아와서
후회 없이 돌아서는 인생 고개

그 고개를 넘으면
한 줌의 흙으로 돌아갈
가슴 아플 날들의 연민.

인생 유한

산은 길이 있어 오라고 손짓하고
마음은 길이 없어 오르지를 못한다

켜켜이 쌓여 있는 낙엽 밟으며
내 정체를 묻어두고
상상의 나래를 펼쳐 본다

흔적 없이 왔던 길
돌아가야 할 영혼
생이란 무엇일까
유한일까 무한일까

가다 보면 끝이 있을걸
그 끝이 어딘지 몰라
오늘도 방황하는
나.

미소

향기롭고 맑은 미소
단 한 번 진심 어린
미소만으로도
사랑을 싹트게 하고

밝고 향기로운 미소는
위로받을 이 있으면
다가가 손 내밀어
가슴으로 안아주고

맑은 미소는 사람들의
고달픔을 달래주는
이정표 되어
항상 그 자리에

향기로운 미소로
세상을 아름답게 꾸며주는
해맑은 미소.

병원 나들이

이웃집 나들이하는 것처럼
병원을 들락거린다
오늘은 집 건너편에 있는 내과
내일은 이비인후과

계절마다 병원 가는 횟수는 늘고
식탁 위에 놓인
버리지 못한 약봉지
눈치 보느라 애가 탄다

마음은 따스한 봄날
싱그러운 젊음이 움트고 있는데
몸은 싸늘한 겨울을 벗어나지 못한다

건강해지고 싶은 욕심에
병원 나들이를 하려 한다.
사는 날까지 자식들의 짐이 되지 않기 위해
살아있는 한 노력해 보아야지.

보릿고개

산수유 피고 지면 벚꽃 피고
휘늘어졌던 진달래
흔적을 감추고 나면
꽃샘추위 끝에 전례 행사처럼
따라다니던 보릿고개

풋보리 꺾어다가 살짝 뜸을 들여
덕석 위에 널어놓고
아직은 보리 색깔이
푸른빛을 띠고 물기를 품고 있다

밖에서 자치기하다
땀범벅이 된 부잡쟁이 동생
누이 눈치 살피다가 한 움큼 훔쳐 나와
손으로 비벼

한입에 털어 넣고 우물거리다가
뒤통수 한 대 얻어맞고
사레들려 기침을 하다
코 범벅 눈물범벅 소매 끝으로 훔친다

그래도 그 고소한 맛에 누이 원망 안 하고
너도 웃고 나도 웃었던
그때가 좋았다.

봄 오는 소리

앞산에 두견새
뒷산에 뻐꾸기 울면
봄 가고 여름 오고
산천초목이 소생한다

먼 산 너머 이글거리는
아지랑이 뚝뚝
산들바람 버들가지
시냇가에 늘어지는데

바위틈 비집고 흘러가는
계곡물

쫓기듯 사라져 가는 물안개
호수 위에 살포시 내려앉을 때
서산에 지는 해를 바라보며

놀란 가슴 붙잡고
토해보는 한탄의 노래
애잔한 가슴에 지는 노을빛.

봄비를 기다리며

봄비를 기다리며
고요한 숲속 침묵 속에
긴 잠에서 깨어나
머지않아 쑥 내음 향긋하게
바람 끝에 실려 오면
꾀꼬리 뻐꾸기가 홰를 치며
노래 부르고

산까치 나뭇가지 앉아
피리도 불어주겠지

푸르렀던 나무숲도
대롱거리며 곡예질 하는

마음속 적시는 봄비가 내리면
들판은 파릇파릇
마음엔 희망이 가득한
봄 마중 가자.

부족한 기도

나이만 먹었지
남을 위해 헌신하는 배려도 서툴고
나에게 베풀어 주기만을
바라고 원했던 부족한 소치所致
뒤돌아보니 헛세상 살았다

세끼 밥 굶지 않고 잘 살았으니
큰 복 중의 복이요
누울 집 있으니 팔자 중에 상팔자

스쳐 지나가는 평범한 일상
무심히 흘려버린 인간의 물욕들
하나라도 더 소유하고

욕망 때문에 배타적인 삶을 살면서
그것이 삶의 목적이나 된 것처럼
뜬구름을 잡으려는 헛꿈에 젖는다.

설익은 보름달

설익은 보름달
산 넘고 강 건너
종종걸음친다

산 그림자에 걸려
넘어져 길을 잃었나

희미한 달빛 구름에
가려져 방향을 잃고
지나는 바람 소리에
일어나 눈을 뜨니

별들이 반짝이는 하늘
아득히 멀고
새벽안개 가르며 아침이
밝아오려 준비한다

아직도 졸고 있는 보름달
언제 집에 가려고 늦장 부리나
생동하는 자연의 섭리에
동참하려면 빨리 서둘러야지.

순리

인생
저울질하다 날 가는 줄 모르고
구름 속에 숨은 달을 보지 못하고
청춘은 가슴앓이한다.

비바람에 쫓겨 가고
망망대해 치는 파도에 멍이 들면
시냇물도 파도 따라 일렁댄다

때늦은 가을의 풍요로움
푸른 청춘의 덫에 걸려 넘어지고
빈손으로 왔다가 빈손으로 가는 길
가슴속 쌓인 아쉬움만 늘어나
빛바래 싸늘해진 옷깃 여미면
지는 해도 날개를 접으려 한다

인간의 나약함 뿌리치지 못하고
여정의 간이역처럼
쉬었다가 갈 수 없는 외나무다리
천 길 낭떠러지 끄트머리에
민낯 되어 울음 우는 슬픈 연가인가.

아 가을바람

얼마나 기다렸던 가을바람인가
어젯밤부터 서늘한 바람이

굳게 닫힌 창문을 두드리며
반가운 소란을 피운다

숨 막히도록 질려 버린
늦여름 꼬리 내렸으니

마음을 열어놓고
가을 정취에 취해 보자

무더위가 싫다며 짜증을 내고
고개를 돌렸던 때가 어제인데

물러서는 그들의 뒷모습에
애잔한 서글픔이 묻어난다

무엇이든 지나간 것은
아쉬움이 남는 것을.

안개꽃

꽃 중의 꽃
안개처럼 바람에 날리듯
수많은 진주알 가슴에 피어나면

화려한 꽃들의
들러리가 되어준 너
오늘도 화사한 친구들 위해

등받이가 되어준 아름다운 모습
이름 모를 야생화
장미든 모란이든 가리지 않고

꽃다발 속 숨은 주인공
버팀목이 되어준
너는 꽃들의 수호천사야.

알콩달콩

어디서 왔나 예쁘고 작은 콩들
바라보고만 있어도 신기하다
내가 더 클세라 네가 더 클세라
시샘도 없이 알콩달콩

부족하지도 넘치지도 않게
공평하게 자라나는 콩나물
사이좋게 제자리에 서서
넘어져도 알콩달콩

낙오자 없이 함께하는
그들의 우정 속에 피어난
잘난 척도 못난 척도 하지 않는
순수함에 알콩달콩

고개를 숙일 듯 말 듯
서로에게 버팀목 되어
넘어지면 일으켜 세우고
낙오자 없이 알콩달콩.

예쁜 손녀딸

공무원 시험에 합격한
손녀
엄마를 닮아 훤칠한 키
얼굴도 희고 예뻐서
금상첨화다

어릴 적 돌잔치에 양가 가족이 모여
유난히 눈이 큰 아이를
서로 보듬어 보려고 야단이었는데
대학을 졸업하고 아가씨가 되어도
할미 눈에는 그렇게 예뻐 보일 수가

저녁을 먹이고 용돈을 주어
보내고 나니 허전하기도 하고
자랑스럽기도 하다

여자의 몸으로 어떻게 해낼 수
있을까 걱정도 되지만
요즘 애들이 무엇인들
못할 리가 있겠는가

다 자라 제 갈 길 가고 있는
손녀를 위해 성모님께서 함께해
주시라고 간구를 청해 본다.

연정

내가 구름 속에 숨어 있을 때
봄비 되어 내려준 사람
내가 이슬일 때 그림자 드리워
햇빛을 가려 주고

한 송이 꽃으로 피어날 때
향기 맡으며 내 곁에 머물러 준 사람

내가 떨어진 낙엽일 때
곱게 접어 책갈피에 꽂아주고
찬바람에 떨고 있을 때
따스한 가슴으로 안아준 사람

내가 괴로워 울다 지칠 땐
가만히 다가와 눈물을 닦아준 사람
어둔 밤길을 잃고 방황할 때면
등불 되어 내 앞길을 밝혀 준 사람

보고 싶다고 말하지 않아도
파수꾼처럼 등 뒤에서
나를 지켜준 나의 당신!
당신이 있어 오늘도 행복합니다.

오월이 오면

라일락꽃이 피면
향기에 취해
오월을 기다린다

상큼한 바람에 실려 온 꽃 냄새
하얀 드레스 속 여인
숨겨진 살빛처럼 신비스러워

설레는 마음 바람에 실려
꽃 기둥에 기대어 눈 감으면
어디선가 들려오는 산새들 노래

오월 그날이 오면
발걸음 가벼워져 그 향기에 취해
달려가 안기고 싶은
내 마음.

이슬

서녘 하늘에 노을이 탄다
가로등 저 멀리서
외로운 하현달 홀로 휘청거릴 때
희미한 정적 속 깊어지는 밤

새벽은 몰래 와
물안개 속으로 숨어들고
긴긴밤 담금질했던 한 서린 이슬
반짝이는 아침 햇살에
풀섶과 마주 섰다

부서질 아픔 속에 흘린 눈물
그들은 그렇게
단 한 번의 입맞춤으로

아무도 모르게 사랑하다
무정한 아침 햇살에 쫓겨
가슴 아픈 이별을
해야 했나.

이슬 같은 인생

달빛 창가에 이슬 머물고
새벽안개 밀려와
골목길 빠져나가고
먼 길 재촉할 때

명주실보다 가느다란 거미줄로
붙잡았던 춤사위 떨치고 나면
어설픈 실눈썹 조각달
돌아서서 눈 감는다

바람은 바위틈에 잠시 머물다
쫓기듯 미끄러져 갈길 재촉 하고
가던 길 멈춰 서서 뒤돌아보며

서쪽 새 울음소리 들려오는
숲속으로 시선을 돌려본다
아직도 빈 수레바퀴에 끌려
헛꿈만 꾸다 갈 이슬 같은 인생길.

일기 예보

비가 오려나 내 종아리가
시리게 아파져 온다
아이고 다리야
나도 모르게 한숨이 나온다

들어가서 빨리 누워봐
말이 채 끝나기도 전에
침대로 가서 몸을 눕혔다

허리를 절반쯤 구부리고
멍멍한 종아리를 주물러 주는 손길
시원함에 환희를 느끼고
속마음은 더 해줬으면 하는
염치없는 생각에 빠져든다

하나둘 100까지 세면서
이제 됐어요. 그만 해요
내 말이 떨어지자
서너 번 더 주무르다
한숨 한번 몰아쉬고
허리 펴고 일어서는 내 짝
다음날은 여지없이 비가 내린다.

제5부

팔십 세의 고백

팔십 세의 고백

오고 가는 길손들아
무에 그리 바쁘신가
천천히 걸어도 거기까지만
가면 되는 거지

앞서가고 뒤서가도
목적지는 단 한 곳
가는 길은 서로 달라도
이리저리 엇갈려도

가서 보면 세상살이
어려웠다 한탄 소리
잘난 너도 못난 나도
굽이굽이 고개 넘어

이곳까지 살아왔으니
서운한 걸 보거들랑
못 본 채 외면하고
좋은 일을 보거들랑
함께 가서 축하하세.

풋사랑

봄에 오는 풋사랑은
가슴 설레어 심장이 뛰고

여름에 오는 뜨거운 사랑은
열정이 식으면 시들기 쉽고

가을에 오는 고독한 사랑은
낭만이 있어 그립기는 하지만

동지섣달에 맺은 사랑은
어머니의 가슴처럼 따스한 온기가

영원히 남아 있어
세월이 흐를수록 사무쳐 온다

봄여름 가을 겨울 계절은 오가도
가슴속에 묻어놓은
그 사랑을 그 누가 이름하여
풋사랑이라 부르리.

입추

오늘이 입추라고
왜 날씨는 이렇게 삼복이야
에어컨 바람이 제일 싫은 나는
아침부터 투덜거리기 시작했다

그때 목포에 사는 막내에게 전화가 왔다
엄마 나 오늘 점심 대접하러 갈게요
어디 가시지 말고 계셔요

하는 반가운 목소리다
우리는 염소탕을 먹으러
화순으로 향하였다

설레는 마음으로 달려왔건만
쉬는 날이라고 플래카드만 휘날리고
주인 없는 빈 가게엔 괴괴함만 맴돌고
식당밖엔 펄럭이는 쉰다는 안내문이
밉살스럽게 자랑하듯 수선을 떤다

오는 날이 하필 장날이냐며
투덜거리고 차를 돌려서 돌아오는데

해도 해도 너무 덥다

그래도 이 속없는 삼복아
사람은 숨을 쉬며 살아갈 수 있게
숨통은 터 줘야 하잖니.

잠 못 드는 밤

고요한 적막이 흔들리는
싸늘한 겨울밤
멀리서 들려오는
앰뷸런스 소리

위급한 환자가
실려 가는 다급한 경고음
이 밤에 누구의 생명이
구급차를 타고 달려가는가

어서 가서 치료받고
생명을 건져야 할 텐데
걱정이 앞선다

겪어본 일이라
마음이 착잡하다.

진도 나들이

좋은 계절
동산문학에서 기행을 간다
각처에서 모인 작가들과
만남과 함께
진도 아리랑의 한 서린
고개를 넘어 본다

출렁이는 울돌목
나라를 구하기 위해 수많은
병사들의 함성이 메아리쳤던
역사의 현장을 바라보면서
감회가 깊어 고개 숙여진다.

숭고한 정신으로
목숨을 바쳤던 선열들
본받아 지켜나가야 할
지난날을 잊지 말고
우리들은 글을 써서
기억에 남게 한다는
의무감을 느낀다.

친구

친구야
우리 처음 만났던 그 날
두려움 없었던 파란 꿈들
뭉게구름 타고 하늘을 날 때
목청껏 소리쳐 노래 부르며
손잡고 뛰어놀던 그 시절

우릴 두고 떠나간 세월
아쉬움으로 비워져 가고
추억 속으로 사라져 간다

보고픔에 기다리고 있는데
왜 돌아올 줄 모르는지
고운 꽃잎들 시들고
예쁜 낙엽도 떨어지는데

응어리진 가슴앓이 새겨 본들
다시 만날 약속 멀어져가고
빈 가슴 후벼대는 허전함이
파도치는 선창가의 등댓불처럼
외롭게 올가미를 씌워놓는다

엽서에 너의 이름 적어
녹슨 우체통에 넣어 보려 하지만
돌아오는 건 실없이 왔다가
사라져가는 바람 소리뿐

너의 소식 기다리다
빈 하늘 바라보니
마음속에 그리움만 남는다.

커피 한 잔

동전 굴러
땡그랑 소리
예쁜 아가씨가 들어 있나

달고 쌉싸름한 커피 한 잔
입안에서 녹이내릴 때

워매
참말로
오늘도 우리는 베리굿

자판기 속에든
아가씨
고향이 어디야

궁금해 죽겠네
그런디 우째
전번에 내 동전만
쏙
빼 가고 왜 커피 배달은
여직 안 해 주는가.

코로나 예방접종

코로나19
예방접종 하는 날
손주 녀석의 차를 타고
접종 장소로 향했다

행정 복지센터의 안내에 따라
여러 절차를 끝내고 나서
주삿바늘이 내 팔뚝에 꽂혔다

두려움에 사로잡혀
지시에 따라 움직이다 보니
어느새 끝이 나고 있었다

사람들이 불안해서
두려움의 팬데믹 속에
예방접종 여러 차례 했으니 물러가겠지

모두가 코로나19 공포에서
벗어났으면
우리는 이겨낼 수 있어
대한민국 홧팅.

토요 시장

우리 동네 푸른 숲길에
일주일에 한 번씩 열리는
토요 시장이 있다

처음 열릴 때는 규모가 작아
시시콜콜했지만
이제는 시골 오일장처럼

없는 것 빼고는 다 있는 장터
금방 삶아낸 족발
베트남 아가씨가 구워낸 호떡

집 텃밭에서 갓 캐어낸 푸성귀
각종 과일과 싱싱한 생선
허리 굽은 할머니가 가져온
돌미나리

지나가는 사람마다
쳐다보며 사주기를 애원하는
눈짓에 그냥 지나칠 수가 없는

그 장터가 이제는
저잣거리처럼
익숙해져서 참 좋다.

태풍

화마가 할퀴고 간 자리
아직도 상처가 그대로인데
하늘도 무심하시지

아물지 않은 그곳에
또 다른 태풍 카눈이
잔인한 몸 사례를 틀고 오다니

잃어버린 보금자리는 어찌하며
생사도 모르는 내 부모 형제는
이 세상 어디쯤에서 만날 수 있을까

흘러가는 구름 세찬 비바람도
무심히 흐르는 세월
왜 말이 없을까

이제는 살아갈 희망도 용기도
잃어버린 힘없고 무기력한
그들에게
신의 가호가 있었으면.

파랑새의 꿈

꿈꾸는 파랑새 봄이 오면
꽃잎이 휘늘어진 숲속에서
노래하며 아름다운 계절
주어진 행복한 순간

뉘라서 이런 멋진 계절을 주었고
공감할 수 있는 나날을
어찌 잊을 수 있으리오
하늘에도 감사 땅에도 감사

모든 것이 감사할 뿐인데
나에게 달빛이 반겨주고
물가에 호수도 반겨주니

나에게 큰 축복을 주신
아름다운 이 세상
마냥 행복함이여.

하루의 행복

아침 해는 찬란한
여명이 있어 싱그럽고
저녁 해는 노을이 고와서
아름답다

세월아 잠깐만 뒤돌아보고 가자
세파에 지친 몸
고운 햇살에 잠시 멈추어
쉬었다 가 보자

할 일 없는 늙은이라
꿈마저 없을쏜가
어차피 인생이란
공수래공수거

찬란했던 황금 마차
지나고 보면 그리운 것을.

하얀 국화꽃

주인은 멀리 떠나
어디 있는지 모르는데
하얀 국화꽃이 빈집을 지키고 있다

어느 순간 생사가 바뀌어
뒤돌아 살펴봐도 내 집은 간 곳 없고
앞을 보아도 허허벌판
뒤를 보아도 적막강산
어머니 아버지는 어디를 가시고
아들아 딸아, 어디 있느냐

목 놓아 불러봐도 대답이 없구나
어디인가 낯선 사람들만 모여 있으니
내가 가야 할 곳
즐거웠던 내 집은 어디 가고
혈혈단신 넋이 되어
앞이 캄캄하구나

국화꽃 사이로 바람에 흔들리는
촛불만 하늘거리며
슬픈 눈을 맞추려 하느냐.

* 무안공항 사고 조문하는 이들을 보면서

한 해를 보내면서

한 해의 마지막 날
지난날 돌아보니
주마등처럼 스쳐 간다

달력 첫 장을 떼어낸 지가
아직도 엊그제인데
한 해의 마지막 날이다

깊어지는 밤
제야의 종소리를 들으니
가슴은 허허 머리는 멍
덧없이 흐르는 세월
아쉬움만 남는다

새해가 되면
새로운 결심을 하지만
작심삼일로
실행하지 못하고

바보처럼 살아가는
한심스러운 자신
그래도 또다시
새해의 다짐을 해본다.

행복이란

행복이란 누가 거저 주지도 않고
공짜라고 그냥 가져올 수도 없는
뜬구름 같은 것

누구의 소유물일까
아무리 붙잡으러 해도
지치고 잡히지 않는 답답함
내려놓고 가자니
아쉬움만 남고

차고 넘쳐도 찾기 힘든
신기루 같은 것
미끄럼 타고 요술 단지 속으로

오늘도 찾아 나선다
행복이란 너는 누구지.

호수 속에 꿈

하늘엔 뭉게구름 한 조각
나른한 오후 햇살에 눈이 감기면
바람이 일렁이는 작은 파장

연분홍 꽃잎에 입맞춤하고
맑은 미소에 꽂혀
꽃바람 나비구름이
숨바꼭질하며 유혹하는

호수 속에 숨겨놓은 내 꿈
구름 조각 배 위에 앉아
노를 저으며
치마폭에 안긴 달을 품고

내 꿈이 머물 수 있는 궁전
마음속 깊은 호수 속에
그 꿈을 찾으러
유랑의 길을 떠나고 싶다.

허수아비 사랑방

저 건너 산비탈 수수밭이랑
게으른 허수아비 아재
밀짚모자 눌러쓰고 도톰한 홑저고리 멋있다

참새 떼가 몰려와 논밭을 누비면
소리소리 질러 봐도 무응답
까치 떼가 날아들면 바람에 경례를 붙여 본다

아래 밭 허수아비 낮잠 자다 일어나
사방팔방 곁눈질해 분위기 살피다
사파리 눈을 뜨고
두 팔 벌려 소리쳐도 눈 한번 깜박하지 않네

이리하여 이제는 에헴 하고 헛기침
그래도 소용없어 수염을 다듬는데
먼 밭에서 드르렁 덜컹 깡통 풍경 소리

저무는 석양 길에
어허 하고 빈 웃음을 짓는다
사르르 눈 감기면

허 참 허수아비도 꿈이 있나
개울가 억새풀이 바람 따라 흔들리다
쯧쯧 혀를 차며 박수를 보낸다.

화전놀이

곱게 한복 차려입고
어머님들 화전놀이
쑥떡 모조 떡 진달래 부침개 지져
바리바리 싸 들고
진달래 만발한 산기슭에 올라

찌든 살림하느라 힘들었던
삶의 무게
저만큼 던져 놓고

아리랑 노랫가락에
치맛자락 날리며
시름을 달래시던 우리 어머님들

술 한 잔에 한 풀었던
그 산언덕엔 지금도
연분홍 진달래가 곱게 피어

한 많은 어머님의 옛 사연
고개 넘어 할미꽃 친구 되어
간직하고 있을까

근심 걱정 모두 잊고
내 설움 너 설움 치마폭에
숨겨놓고 삼키던 눈물이여

지금도 빗물 되어 흘러내리고
마를 줄 모르는 여한에 운다.

논시밭 먹거리

비가 오고 배가 꿀꿀한 여름날
온 식구가 모여 앉아
샛거리를 머시기로 헐까 궁금해하던 시절
엄니가
아야! 너 논시밭에 가서
시금치하고 솔 째끔 비어올래 하시면
나는 곧바로 나가서 통통한 것들만 골라
한 바구니 담아오면 금방 다듬어 풋 전도 지지고
괴기 없는 잡채도 맨들어 잔칫집이 된다.

술상은 안 채래도 어직께 남은 밥에다
식혜 가루 버무려 따땃한 아랫목에 두고
하루가 지나면 부글부글 삭아서
오늘은 맛있는 단술이 되어
입맛을 즐겁게 해주고 설탕도 귀하던 때라
삭가리 좀 넣으면 그 맛은 정말 끝내 줬제 잉

울 엄니의 손맛은 동네에서도 알아주는 솜씨여서
맹물에다 손만 한 번만 저어도
맛있는 음식 맛이 난다고들 야단들이었제
그렇게 푸짐한 잔치가 끝나고 나면

이웃집 아짐들의 차례다

각기 집에 있는 먹을 것들을 가져 와
잔칫집 되어 즐거웠던 그때
우리 집에 지금은 누가 살고 있을까!
따스했던 대청마루 햇살이 생각나
그때를 그리다 보면
나도 모르게 눈에 어리는 추억의 그림자들.

산문 모음

- 〈어느 날 갑자기〉 외

어느 날 갑자기

　이른 새벽에 화장실을 가기 위해 눈을 뜬 나는 이상한 신음소리에 방문을 열고 거실로 나가보니 내 눈에 들어온 광경에 머리가 새하얗게 솟구쳤다

　순간 남편은 아주 괴로운 표정과 함께 온몸에 경련을 하며 힘들어하고 있었다. 무슨 일인가 하고 붙잡으려 해도 막무가내 마지막 호흡을 몰아쉬는 것 같은 생각에 두려워 떨고 있는데 구급차가 도착해서 병원으로 가는 동안에 숨을 제대로 쉬지 못하고 가장 고통스러운 순간을 맞는 것 같았다.

　새벽인데도 응급실 환자는 너무 많았다. 출근하려다 큰아들이 달려오고 치료하던 의사 선생님이 나를 불렀다. 목에 호흡기를 꽂아야 하고 여러 가지 의료 장비들을 부착해야 하는데 연명치료를 어떻게 할 거냐고 묻는 것이 아닌가. 최선을 다해 치료해보고 나서 결정하겠다고 말했다.

　몸에 부착한 장비 중에 인공호흡기가 고통스러

운지 자꾸만 그것들을 뽑으려고 몸부림을 쳤다. 침대에 묶여 몸을 고정하고 진정제를 놓아서 잠이 들게 하였다. 코로나 때문에 응급실에도 보호자 한 명으로 제한하고 있어서, 나는 보호자 대기실에서 기다리고 아들이 응급실에 있었는데 나를 불러서 들어가 보니 연명치료를 어떻게 할 것인가에 대해서 다시 물었다. 이게 끝이런가? 생각하니 기가 막혔다.

목에 꽂아놓은 호흡기를 뽑아 버리려고 몸부림을 치다가 팔과 다리에 상처가 많이 나서 피까지 흘리며 호흡을 간신히 이어가고 있었다. 나는 꿈이기를 기대하며 정신 나간 사람처럼 머릿속이 텅 비어 아무것도 생각이 없어지고 정신을 차릴 수가 없었다.

대기실 상황판에는 협진 중이라는 멘트만 뜨고 온 밤이 다 가도록 진정 상황은 나오지 않았다.

사람은 가끔가다 알지 못할 상황에 처해 생과 사의 갈림길에서 내일을 알 수 없는 순간을 맞이할 수가 있는 것일까.

남편과 60년을 함께하는 동안 아무 일 없었고 교직 생활을 34년을 근무하고 퇴직을 하기까지 모든 건강검진에서 하나도 걸린 것이 없었는데 무슨 일이었을까

그래도 하루 이틀이 지나갈 때마다 점점 회복

되어가고 일주일이 지나자 다시 정상적으로 돌아
오기 시작했다.

남편은 가끔씩 마누라 잠 설친다고 자기 방에
서 혼자 자는 게 편하다고 늘 말을 해 올 때마다
안 된다 해도 걱정하지 말라며 고집을 피울 때가
많아졌다.

나이가 들어갈수록 각방은 금물이고 서로 부디
끼면서 코 고는 소리도 자장가로 생각하면서 서
로 격려하면서 살아오는 날보다 살날이 얼마 남
지 않았으니 그동안 남편한테 받았던 사랑을 되
돌려드리고 싶어지고, 오늘따라 남편의 소중함이
간절하다.

고향 가는 길목에서

오늘은 모처럼 틈을 내어 시골에 계신 누나와 형님을 모시고 점심 대접하기 위해 길을 나섰다.

차창 밖으로 보이는 계절의 변화가 노년이 된 우리들의 마음을 너무 쓸쓸하게 만든다.

극노인이 된 분들의 모습을 바라보며 저물어 가는 황혼에 그늘진 모습들이 애처롭고 고목에 이끼들처럼 달라붙은 검은 반점들은 세월의 무상함을 그대로 보여준다.

산다는 것은 고난일시 모르지민, 미지막 가는 날까지 앞날을 예측할 수 없는 미지의 터널 속으로 끌려가듯 삶의 종착역을 향해가는 우리들은 어디에서 왔다가 어디로 가는 것인지 병원에 입원 중인 시숙님을 모셔 오고 허리가 굽어 펴지 못하시는 형님을 보니 마음의 안타까움에 드릴 말씀이 없었다.

그래도 누님은 몸도 더 유연하게 보이고 구십이 훨씬 넘으셨어도 건강하셨다.

자식들 걱정 아니면 건강 때문에 마음 편히 세상을 살아오지 못하셨지만, 인간사 누구인들 사연 없는 사람이 있을까? 그래도 이 세상에서 즐거운 일도 보람 있는 일도 많으셨으리라 마음속으로 위안을 해본다.

돌아오는 길에 남은 삶 편히 지내시기를 기원하며 자꾸만 멀어져가는 고향길이 눈에 아른거렸다.

우리는 이린 시간을 사주 마련해야겠다고 다짐해 보면서 아무 말 없이 집에까지 무거운 마음으로 돌아왔다.

마징가Z와 삼 형제

이웃집 아주머니가 보험료를 받으러 왔다

벽이면 벽 신문지면 신문지 방바닥 이곳저곳에 빈틈없이 그려놓은 마징가Z 지워도 지워도 다음 날이면 또 어김없이 새로운 마징가Z이 태어나서 두 팔을 벌려 눈을 부릅뜨고 서 있었다.

아주머니는 어이없어하는 나를 보고,

"이 사람아, 이건 아무것도 아니야! 그리다 지칠 때까지 두었다가 도배 한번 해버리면 끝날걸. 무일 그리 걱정하나 내 애기 좀 들어볼런가?

나는 아들만 다섯이네! 방바닥 여기저기 구멍을 뚫어놓고 구슬치기한다고 야단들이고 그것을 막으려고 죽석 장판을 깔았더니 이제는 벽에다 구멍을 뚫어놓고 벽 구슬치기를 하고 놀더라.

귀찮고 한심스러워도 참고 살게나.

품 안에 자식이라 이 또한 지나고 나면 그리워질 때가 있다네. 그래도 철든 아이들이 세상 밖으로 하나둘씩 떠나고 나면 그때가 좋았다고 넋

두리할걸!”

　호기심 많은 우리 아들 셋을 키우는 것이 고달
픈 과거였지만, 지나고 보니 행복한 비명이었다.

내 고향 금당도

　내가 태어난 곳 금당도는 아름답고 풍요로운 살기 좋은 조용한 섬이었고 맛 좋은 김으로 유명세를 날리던 곳이었다.

　아버지는 일본에서도 알아주는 차우리 김을 일본과 부산을 오가면서 거래하는 사업을 하셨다.

　아버지가 집으로 돌아오시는 날은 집안 일꾼들이 선착장에 가서 바지게로 돈을 짊어지고 운반하며 어머님은 마당 가운데 자리를 펴고 정한수를 떠 놓고 큰절을 올리며 동네 사람들에게 먹을 것을 장만해 대접하기도 하셨다.

　사업은 번창하며 대사업가가 되신 아버지는 당시 거금도 면장의 막내딸과 결혼하여 부러움 없이 살아오고 있었으나 어머님은 자식을 낳을 수 없는 신체적인 조건을 가진 분 즉 임신은 할 수 있었으나 외골반. 즉 남자의 골반을 가졌다고 들었다.

　그럼에도 두 번의 임신을 하셨으나 아이 낳는 일에는 실패하였다. 어머님은 자기 때문에 대장

손 집안의 대를 끊을 수 없다며 여러 곳으로 수소문하여 우리를 낳아준 엄마를 골라 아버지를 설득하여 재취 장가를 보내셨다고 한다.

나를 낳아준 엄마는 성품도 좋아 나무랄 데가 없었고 드디어 아버지 나이 40에 엄마는 임신을 하셨으나 기다리던 아들은 태어나지 않고 딸을 두 명이나 낳았는데 그중 내가 둘째였다.

사업은 날로 번창했고 내 나이 일곱 살 때쯤에는 유리창이 달린 대청마루가 넓은 기역 자 5칸 집을 지으셨고 가산은 날로 늘어나 내 어렸을 때는 무명이 아닌 부드러운 융 천으로 기저귀를 만들어 썼다고 하셨다.

그러나 평온했던 마을에 시국이 어수선해지고 여순 반란 사건이 일어나고 6·25가 발발하고 무서운 세상이 평화롭던 섬마을을 공포와 불안으로 떨게 했다.

절친하게 지내던 이웃이 원수가 되고, 밤이면 산에서 지내던 사람들이 인가로 내려와서 사람들을 괴롭히며 먹을 것을 착취해 가고 낮이면 경찰이나 군인들이 섬 이곳저곳을 지키고 있었지만, 세상은 빨리 평정되지 못하고 공포 속에서 사람들은 우왕좌왕 갈피를 잡지 못했다.

그때 아버지는 시국이 어수선해지고 대변화가 도래하고 있음을 직감하시고 그곳을 떠나서 광주로 이사를 하여야겠다고 생각하시고는 서둘러 친구들을 만나 의논한 끝에 친구의 권유로 일단 보성 예당이란 곳으로 거처를 옮겼는데 어머님은 이 거대한 선영을 두고 나는 여기를 떠날 수가 없다고 결사반대하셨다.

어머님께서 버티시는 바람에 어머님과 떨어지기 싫어서 가지 않겠다고 떼를 쓰자 어머님은 최후의 수단으로 내가 학교에 입학할 때 입혀 보내려고 풍지산 인조로 블라우스를 만들어 보관하고 있던 옷을 꺼내어 그 옷을 입고 따라가라는 것이었다. 나는 잠시 생각을 하다가 그 옷을 입고 싶어서 따라가겠다고 했다.

마음은 어머님과 떨어질 수 없어 두려움에 떨면서도 그놈의 블라우스 때문에 고개를 끄덕이며 이러지도, 저러지도 못하고 있는 사이에 그 옷이 내게 입혀졌고 오빠와 나는 눈물을 흘리면서 사람들 손에 이끌려서 선창가로 나가 배에 태워졌다.

그날은 유난히도 달이 밝아서 구름 한 점 없는 대낮같이 청명한 밤이었다 물결도 잔잔하고 마음

에 안정이 될 무렵 어디서 나타났는지 비행기 소
리가 요란하게 들려왔다.

어른들은 모두 숨을 죽이고 웃옷을 전부 다 벗
으시오 하고 외치자 흰 저고리들을 벗어서 엉덩
이 밑으로 깔고 앉았다. 몸을 절대 움직이지 말
라며 그대로 있어야 한다고 당부했다 긴장의 순
간이 지나가고 비행기 소리가 멀리 사라지자 이
제 살았다며 웅성거리기 시작했다.

기껏 피란을 간다는 것이 내가 살던 곳에서 아
주 가까운 연홍(그때는 맛도라고 하는 섬)으로
가게 되었다. 배에서 내려 엄마는 친정집으로 들
어갔는데 우리는 안으로 들어가지 못하고 밖에서
기다리고 있었다.

이 어려운 세상에 조카들을 데리고 왔다고 하
며 여러 말씀이 오고 갔다.

나는 오빠 손을 잡고 우리가 배에서 내렸던 곳
으로 가서 어미님이 계신 바다 쪽을 바라보며 한
없이 울었던 기억이 날 때면 지금도 눈물이 난
다.

결국 아버지는 광주로 이사를 하지 못하시고
예당에서 정착을 하여서 우리들은 시골에서 학교
에 다니게 되었고 세상 물정을 모르는 철없는 어

린 시절을 보내게 되었다.

아버지의 꿈은 우리 육 남매를 교육시키기 위해 세웠던 계획이 물거품으로 돌아가자 절망하게 되셨고 실의에 빠져 인생의 쓴맛을 맛보시기에 이르셨다.

그때 우리가 광주로 이사를 했다면 우리 형제들도 도시에 사는 친구들처럼 배움의 길을 순조롭게 이어갈 수 있었을 것으로 생각하면 억울한 생각이 든다.

그래도 나는 이 어려운 시련을 극복하고 고등학교 교사를 만나 결혼하였고 아들만 삼 형제를 두어 딸이 없는 게 아쉬울 뿐이다. 큰아들은 도청 서기관으로 근무하다 지방 부군수로, 둘째는 사업가, 막내는 현대중공업 중견 사원으로 열심히들 잘살고 있다.

지금은 노대동 노인건강타운에서 좋은 사람들과 함께 황혼에 청춘을 불태우며 동양 최대의 시니어 타운에서 행복한 나날을 보내고 있다.

이제는 모든 세상 욕심 버리고 건강이 허락해 준다면 빛고을건강타운에서 문우들과 함께 행복한 나날이 되었으면 하는 바람이다.

건강 타운에 가는 날

　건강 타운에 가는 날은 아침에 일찍 일어나야 한다. 둘이서 사는 아파트에 청소도 못 하고 대충 과일로 배를 채우고 서둘러 오전 8시에 승용차를 타고 와도 그 넓은 주차장은 거의 다 들어차고 주차하기 옹색스러운 데만 남아 있다.

　노인의 운전이라 늘 조심해야 하고 자식들은 이제 택시를 타고 다니시라고 항상 걱정들이다. 그럴 때마다 금년 말까지만 타겠다고 양해를 구하곤 한다.

　집에서 타운까지의 거리는 십분 이내의 짧은 거리여서 운동 삼아 걸어 다닐 수도 있는 거리이다. 손과 발이 되어준 운송 수단이 없어진다고 생각하면 마음이 서글퍼진다.

　얼마 남지 않은. 여생을 함께하고 싶지만, 뜻대로 되려는지 의문이다.

　때로는 이제 운전을 그만두는 것이 좋겠다고 하면서도 차가 없으면 불편할 것을 생각하면 마음이 별로다.

　그래도 매스컴에서 연일 가십거리가 되고 있는 고령자의 운전 대형 사고 소식을 접할 때는 우리가 죄인이나 된 것처럼 마음이 편치 않다. 어쩌다 이렇게 나이만 먹었나 한심스럽다.

　그래도 서서히 포기하고 일반버스를 이용하는 습관을 들여야 할 것 같다. 나이가 들수록 모든 것이 더 성숙해져야 옳은 일일 것 같은데, 몸은 몸대로 마음은 마음대로 엇박자만 찍으려 한다.

　세월 앞에 장사 없다는 말에 동의서를 제출해야 할 것 같다.

나는 할머니야

쉼 없이 부지런히 살다가 잠시 돌아서서 보니 어느새 할머니가 되어있었다. 무슨 일이나 내 뜻과 의지대로 살아길 것이라고 자부했던 내가 나이는 생각지도 않고 누가 팔십이 넘었다고 하면 무슨 나이를 그렇게 많이 먹었을까 하고 의아해 한다.

친구들과 산행할 때도 뒤처지면 더 피곤하다며 앞장을 섰고 오늘 오르지 못하면 언제 와서 오를 수 있을까, 하고 기를 쓰고 앞장서서 올라갔다. 그때는 피곤하다가도 자고 일어나면 원상태가 되었지만,

덧없는 세월은 흘러 이제는 생각하는 것이나 육신의 난이도가 가로막아 섰으며 생각과 행동의 차이가 크게 벌어지는 현실이 두렵게 다가왔다.

머리는 어느새 백발이 뒤덮여 있고 시력 또한 흐려져 안경을 써야만 하고 한나절이면 끝낼 수 있는 집안일도 온종일 해도 끝이 나지 않는 등 여러 가지로 어려움이 뒤따르고 있다.

그래 나는 할머니가 되었다고 인정하자 할머니
가 되었다고 생각하니 머릿속이 텅 비어버린 것
같다. 어이없어 나를 보고 웃어보지만 돌아오지
않을 날들은 저만치 달려가며 세월은 돌아보지
않는다.

돌아오지 않을 오늘

　기쁨과 슬픔 함께하며 걸어온 길 뒤 돌아보니 한순간의 회오리바람처럼 흘러가 버리고 검은 머리는 은발이 되어 내 등 뒤에서 훈장처럼 나를 지키고 서 있다.

　삶이란 무엇일까? 철없이 세월을 보내는 동안 봄인가 싶으면 여름이고 여름인가 싶으면 가을이 와 있었다. 돌아가지 못할 청춘의 봄날은 아무런 미련 남겨 놓지 않고 술래놀이한다.

　앞만 보고 열심히 걸어왔는데 어느 날인가 지난날 뒤돌아보니 험한 가시밭길 헤치며 고난의 길을 걸어오는 동안 마음에 무거운 짐을 지고 살아온 적이 얼마나 많았던가?

　곱게 길러주신 부모님의 크고 깊은 은혜를 깨달았을 때는 이미 세월이 흐른 후였고 가고 없는 세월을 탓한들 되돌릴 수 없는 가슴 시리도록 후회만 남아 있다.

　그래도 내겐 금쪽같은 삼 형제가 큰 위안이며 개구쟁이 아이들이 어느새 의젓하게 자라 살아온 길 뒤돌아볼 수 있는 여유가 있어 감사하다.

인생 잘 늙으면 청춘보다 아름답다는 말을 생각하며 해는 서산 넘어 멀어져 가고 있지만 노년에 문우들과 함께 마지막 남은 여생을 건강하고 보람 있게 살아보려 노력하고 있다.

한 번 태어나서 오던 길 되돌아갈 수 없는 우리들의 운명이 아닌가 한 번 가면 되돌아오지 못할 일방통행로에 서 있는 운명 앞에서 뒤돌아보니 그늘진 돌담길에 걸려있는 희미한 밤안개처럼 보일 듯 말 듯 그림자만 가물거린다. 철없던 한때는 한바탕 꿈처럼 덧없이 지나가고 누구나 가고 있는 길을 나도 걸어왔으며 뒷날을 생각해 볼 여유 없이 앞만 보고 걸어왔다.

청춘의 봄날이 마냥 우리 곁에 머물러 있는 줄 착각하고 이렇게 검은 머리가 백발이 되어 휘날릴 줄은 생각해 볼 여유도 없었다

해는 서산 넘어 가까워지고 갈 길도 짧은데 버리지 못한 욕심과 미련 때문에 종착역이 어디일까? 망설임 없이 앞으로 달리고 있다.

이제는 모든 것 내려놓고 내게 주어진 소중한 날들을 보람 있게 아끼며 즐겨보리라. 내가 사랑하는 소중한 사람들과 함께.

발리의 추억

　까마득한 옛날 기억은 가물거리고 내생에 첫 여행지 발리섬. 부푼 가슴 안고 발리 공항에 도착했다.

　잃어버린 기억을 더듬어 보려 하지만 생각나는 건 사원들과 흰밥을 지어 밥상에 차려 들고 제를 올리러 가는 사람들이 도롯가에 즐비했던 기억이 생생하다.

　자연이 아름다워 세계적인 휴양지로 너무나도 유명한 곳이었다. 바닷가에 흰 백사장은 타원형을 그리며 아름다운 수평선 너머에 맑고 드높은 하늘 야자수 나무가 운치를 더해주며 조갯가루 모래알은 맑은 바다의 속살을 드러내놓고 한들한들 유희하고 있었다. 세상 어느 곳을 간들 이보다 더 평화로울 순 없는 절경이라 생각했다.

　쉐라톤 호텔에서 여정을 푼 우리는 아스라이 떠오르는 달빛 어린 수평선을 바라보며 형언할 수 없는 감회에 젖어 할 말을 잊었다.

커피 한 잔의 여유로움에 피곤함도 잊고 누가 먼저랄 것도 없이 코 고는 소리가 정적 속으로 스며들었다.

바다라기보다는 해맑은 진주 아기씨가 살고 있는 착각에 빠진 우리는 세상에 이렇게 아름다운 지상 낙원이 어디에 또 있을까?

성게도 잡을 수 있고 아름다운 조개껍데기도 주울 수 있고 또 수영도 할 수 있고, 파도타기에다 요트도 탈 수 있고 또 호텔 안에 있는 수영장에서 시간 가는 줄 모르고 희희낙락거렸던 일들이 생각나 혼자서 미소를 지워 보며, 30년 전 세월이 주마등처럼 지나간다.

한 가지 특이한 것은 사람이 죽으면 곧바로 장례를 치르지 못하는 사람들이 의외로 많았다. 장례비용이 마련될 때까지 초막 같은데 모셔났다가 자금이 마련되면 동네 안의 빈터에서 직접 화장火葬을 하는 모습을 보고 깜짝 놀랐다. 우리와 다른 삶의 방식을 이해하지 못했던 것이 지금 와 생각하니 소견이 짧았던 우리들이 어리석었다는 생각이 든다.

그 나라의 전통과 문화를 우리 눈에 맞추려 했던 잘못을.

어머니와 술 항아리

옛날 시골에서는 농사철이 오면 집집마다 술을 담가 농주를 만들어 먹는 게 일상화가 되었다. 그 시질에는 술 담그는 것이 금지되어 있기 때문에 조사를 나올까 봐 늘 가슴을 조이며 전전긍긍하며 가슴 조이는 일이 아닐 수 없었다.

그러던 어느 날 세무서에서 조사가 나왔다고 온 동네가 난리가 났다. 별의별 방법을 동원해서라도 들키지 않으려고 머리를 짜 보지만 조사반들의 날렵한 머리를 당해 낼 사람은 없었다. 어떤 집은 마당 두엄 옆에 묻어두고 다락방 구석에 숨겨두고 심지어 뒷간 거름 자리 옆에다 놓고, 가마니로 덮어 둔 집 그러나 조사원은 술 뒤지는 술수에는 이겨낼 장사가 없었다.

드디어 우리 집도 뒤지러 왔다. 밖을 다 둘러봐도 술 항아리를 찾지 못하자 방을 뒤지러 들어왔다. 그때 엄마는 술 항아리를 방 아랫목에 놔두고 이불 빨래를 해서 하얀 옥양목 호지에 빳빳

하게 풀을 먹여 손질하고 있을 때였다.

그 홑청을 꾸깃꾸깃해서 술 항아리 위로 덮어 두었는데 나는 자꾸 엄마 옆에 붙어 서서 저 빨래를 걷어 버리면 들켜 버릴 텐데 어떻게 할까! 나는 어쩐 일인지 자꾸만 그 항아리에서 눈을 뗄 수가 없었다.

그러다가 엄마가 한마디를 던졌다. "아무리 관공서 직원이지만 남의 집 안방까지 들어와 이러는 법이 어디 있다요?" 하자, 코를 막고 들어와서는 후하고 숨을 몰아쉬더니 다시 숨을 멈추었다가 크게 들이쉬고는 빨래가 있는 곳으로 와서 이 빨래 좀 걷어볼 수 있냐고 물어보았다. 상황 판단을 하신 어머니는 빨래를 드러내고 대뜸 하신 말씀이 "그래요. 이게 술이요. 자! 나를 잡아가시오."하고 일어섰다. 한참을 서로 바라보며 눈싸움하다가 술동이를 이고 지서로 갑시다. 하자 엄마는 두말없이 술동이를 이고 길을 나섰다. 지서로 가는 길은 철길 옆 도로를 이용하는 것이 지름길이고 가까웠다. 한참을 걸어가면 중간쯤에 철다리가 있는데 다리 아래는 물이 흐르는 하천이 있었다.

한 걸음 두 걸음 건너시는 척하다가 뒤따라오던 그 사람들이 좀 가까이 왔을 때 엄마는 동이를 잡고 있던 손을 슬쩍 놓고서 고개를 살짝 돌렸다. 나는 가슴이 뛰고, 겁이 났다. 그 순간 술동이는 철다리 아래로 굴러떨어져 산산조각이 났다.

뒤따라오던 조사원은 할 말을 잃은 채 허허! 하고 한숨을 몰아쉬고는 항아리와 물에 섞여 흘러가는 하얀 쌀뜨물 같은 액체가 멀리 사라져 가는 모습만 바라보고 있었다.

얼마나 시간이 흘렀는지 나는 속으로 이제 우리 엄마를 잡아가면 어떻게 할까 하는 생각에 앞이 캄캄해졌다. 한참을 말이 없던 그 조사원은 엄마가 계시는 곳으로 가까이 와서는 “5년 동안 술을 뒤지고 다녔어도 아주머니 같은 사람은 처음 봤소. 증거물이 없어졌으니 어쩔 수가 없소. 앞으로는 술 같은 거 담는 일은 절대 없도록 하시오.” 하며 돌아서서 가는 것을 보고서 나는 안도의 한숨과 함께 그 자리에 덥석 주저앉고 말았다.

먼 훗날 생각해 보니 엄마는 증거물이 없으면 어쩌지 못할 것이라는 생각을 하셨던 것이다. 엄마의 지혜가 그리워지고 정말 꿈속에서라도 보고 싶은 우리 엄마의 얼굴이 가물거린다.

유채꽃의 세레나데

　오랜만의 외출. 오가는 산과 들에 활짝 핀 벚꽃! 우아함을 한껏 뽐내고 잃어버린 날 되돌려 보고 싶음에 마음이 설렌다.

　흐르는 물소리인가 봄바람 쉬어가는 자장가인가. 아니면 하늘에 흘러가는 구름 노둣돌에 부디치는 물결의 파장이 긴 시냇가 언덕 아래 햇살이 쏟아지는 사월의 어느 봄날!

　문학반 회원들을 태우고 광옥 회원님의 인솔하에 화순으로 번개팅을 갔다. 화순으로 들어서는 순간 눈 앞에 펼쳐진 감탄사가 절로 터져 나왔다. 아름다운 것을 처음 바라보는 것처럼 유채꽃의 해맑음에 나도 모르게 보고 느낄 수 있는 즐거움을 말할 수 없는 은혜에 얼마나 감사한지 함께한 광옥 회원님께 이 지면을 통하여 고마움을 전하고 싶다.

　노란 유채꽃의 하늘거림이 돌담 사이로 흘러가는 물과 함께 유유히 어우러져 파란 하늘에 수를 놓고, 호수 속에 수채화 그려가며 우리의 인생에도 영원한 추억으로 남아 있어 주었으면.
　흐르는 바윗돌에 부딪히며 작은 파장 바람에
흔들리는 꽃잎 하나에도 들려오는 오케스트라의
웅장함이 봄바람에 실려 전해 온다.

이루지 못한 꿈

　내 어릴 적 꿈 많던 소녀 시절
　어느 여행가의 세계 일주 여행기를 읽고 나서 꿈꾸어 보았던 기억 속에 나를 깨워 본다.
　세계에서 가장 멋진 크루즈 여객선을 타고 오대양 육대주를 건너 여러 나라들을 돌아보며, 각기 다른 문화를 접해 보고 체험할 수 있는 석 달 열흘간의 긴 여행을 해보고 싶은 꿈에 젖어 있었다. 그때 만나보고 싶었던 낯선 각양각색의 친구들은 어떤 꿈을 가지고 여행길에 오를까?
　꿈속에서라도 가 보고 싶었던 칠레의 산티아고 사보이 호텔. 지금도 존재하고 있을까? 내가 머물고 싶었던, 남쪽으로 난 창가에 커튼을 드리우고, 창밖을 바라보며 멋진 룸에 앉아 그리운 사람들과 마시고 싶었던 헤이즐넛 커피 한잔 이국 밤하늘의 별빛을 헤아리며 잠들고 싶었던 환상의 꿈 그러나 그 꿈은 은하수 길보다 더 멀어진 팔십 줄에도 이룰 수 없었던 여한의 뒤안길에서 오늘도 나는 서성이고 있다.

전철역에서

　남편과 같이 김대중 컨벤션센터에서 열린 농업 박람회를 가기 위하여 버스로 출발하여 남광주역에서 전철로 갈아타고 상무역에서 내려 박람회장으로 들어갔다. 사람들이 많지 않아서 별로 붐비지는 않았으나 이것저것 구경할만했다.

　별로 살 것도 없고 해서 밖으로 나오는데 싱싱한 견과류가 눈에 띄어 호두와 아몬드를 사서 비닐봉지에 담고, 여름 모자 하나와 관광 선글라스를 둘이 하나씩 샀다.

　상무역에서 전철을 타고 두 정거장을 오다가 보니 남편 손에 아무것도 들려 있지 않고 옆 좌석을 살펴보아도 비닐봉지는 보이지 않고, 의자에 앉아서 눈을 감고 있었다. 나는 그 비닐봉지를 어디에 두었냐고 물으니 깜짝 놀란 남편이 의자에 놓고 그냥 내렸다는 것을 알고서 난감해했다. 이제는 나이 들어 정신이 깜박할 때가 있다.

　혹시나 하고 처음 탔던 김대중 컨벤션센터로

다시 가기 위해 전철을 바꿔 타고 그곳을 지나는 역무원을 만나 사정을 얘기하였더니 그것은 제가 잘 알 수가 없으니, 사무실로 가서 물어보자고 하였다. 사무실로 들어가려고 하는 순간 여자 한 분이 나오길래 우리는 전후 사정을 얘기하고 그 물건을 혹시 찾을 수 있나 싶어서 헛일인 줄 알면서 한번 와 보았다고 했더니 그 속에 무엇이 들어있느냐고 물었다. 호두와 아몬드 선글라스 두 개 여름 모자 하나와 파라솔이 들어있다고 했더니 잠깐 기다려 보라고 하였다. 안에 들어가 비닐봉지를 들고나와서 물건이 맞나, 확인해보라고 했다.

물건을 확인하고 맞다고 했다. 집으로 돌아오는 열차 속에서 전화 한 통을 받았다.

어떤 분이 물건을 두고 갔으니 만약에 물건을 찾으러 올지 모르니 분실물을 챙겨 두었다는 내용의 전화였다.

그까짓 물건값이야 몇 푼 되지 않지만 무엇을 잃어버리고 나면 아쉬움이 남아서 항상 그것에 대한 미련이 남아 있었던 기억에 아쉬울 뻔했는데, 전화해 준 그 덕분에 마음이 편하게 되었다.

그분이 누구인지 알 수는 없지만 바쁜 세상에 남의 일에 그렇게 신경을 써줄 사람이 흔치 않을 거란 생각을 하면서 그분에게 감사하는 마음을 잊지 않아야겠다. 역무원 아저씨 여자 직원분! 모두에게 감사의 말을 전하고 싶다. 참 고마운 분들이 있어 세상은 살만한 가치가 있는 것 아니겠는가! 전화해 주신 분께 진심으로 감사의 말씀을 또 한 번 더 전하고 싶다.

조용한 아침

깜깜했던 밤이 지나고, 새벽이 밝아오면 창밖으로 보이는 저 건너 아파트 등불이 하나둘 켜지고, 도롯가를 달리는 자동차의 헤드라이트가 줄지어 서면 굉음의 오토바이가 앞서가는 날카로운 소리를 내며 달려간다. 그 많은 자동차는 이른 아침부터 어디를 달려가는 것일까? 그 와중에 생명이 왔다 갔다 하는 위험한 순간을 헤매는 앰뷸런스 소리가 오늘은 유난히 더 크게 들려왔다. 그 소리만 들리면 나는 지금도 가슴이 뛴다. 정년퇴직할 때까지 건강해서 힝상 그 자리에 서 있을 줄 알았는데 지난해 새벽에 갑자기 쓰러져서 사경을 헤매고 있었다. 나는 깜짝 놀라 어찌할 바를 모르고 혼자서 발만 동동 구르다가 전화기를 들고 119를 불렀다. 금방 응답이 왔다. 떨리는 소리가 목이 타서 잘 나오지 않았다. 자세히 말씀해 보라는 소리에 정신을 차려보니 집 주소를 말해 달라고 하여 알려주었더니 금세 달려왔다. 그 뒤로는 어떻게 시간이 갔는지 나도 모르겠다. 큰아들이 와서 곁에서 진료하는 현황을 지키고 있었던 것이었다. 일주일 동안 치료를 받고 퇴원을 하게 되었다. 지금도 앰뷸런스 소리만 들리면 가슴이 뛴다. 조용한 아침에 느꼈던 그 가슴 떨리는 순간이 간간이 생각이 날 때면 눈을 감고 그때를 생각하며 기도를 한다. 감사의 기도를!

청소년들아 왜 그러니

한의원에 치료를 받으려 집을 나섰다.

병원 가까이 다다랐을 때 건물 입구 커피숍 앞에서 학생들로 보이는 남녀 애들이 사람들의 시선을 아랑곳하지 않고 무슨 경연이나 하는 것처럼 손가락 사이에 기다란 담배를 끼우고 하얀 연기를 내 품고 침을 뱉어 가며 희희낙락거리는 것이 아닌가? 나는 무엇을 잘못 보았나 하고 내 눈을 의심했다.

목구멍에서 뜨거운 김이 솟구쳐 올라왔다.

내 손사 손녀들도 저런 행동을 어디서 하고 있지나 않은 것일까?

그들은 무슨 연예인들이 공연을 하는 것처럼 자랑스럽게 사람들의 시선을 무시하고 있었다. 한마디 거들다가 혹시라도 되레 당하지 않을까 싶어 참고 지나가려니 앞이 캄캄해져 온다.

세상은 완전히 변해버렸고 골목길 좁은 틈새만 있으면 담배꽁초와 빈 병. 깡통. 무수한 쓰레기들의 천국이 되어 버리고 지구의 장래를 위해 격

정해야 할 대다수의 젊은 세대들은 지구에 다가
올 위기를 어떻게 대처할지 걱정되기도 한다.
　너희가 다음에 부모가 되어 너희 자식들이 그
런 행동을 한다면 어떻게 할래?

텃밭

　우리 집에서 몇 걸음 걸어 나가면 작은 텃밭이 하나 있다. 상추, 시금치, 열무, 부추밭이 있고 가을이면 도라지가 꽃을 피워 청순함을 자랑할 때면 귀뚜리들도 숲속에서 노래를 부른다.

　올해는 무슨 작물을 심어볼까?
　작년에는 노각을 심었는데 제법 큰 오이가 열려 맛있는 장아찌와 감칠맛 나는 나물을 만들어 먹었다. 고추, 가지, 미니 토마토도 같이 심었는데 관리를 잘못했는지 토마토가 시들시들 말라서 넘어지고 말았다.

　며칠 후 다시 사다 심어볼까 하고 가서 보니 토마토가 어데서 왔는지 가지, 고추와 함께 씩씩하게 잘 자라고 있었다.
　고추와 가지가 열리고, 토마토도 꽃이 피고 열매가 맺혀 빨갛게 익어갔다. 참으로 신기하기 짝이 없다.

씨를 뿌리면 귀여운 새싹이 돋아나고 자라는 것을 보면 어린아이처럼 즐거워지고, 마음도 힐링이다. 일석이조요 일거양득이다.

가지, 고추, 토마토가 주렁주렁 나는 올해도 예쁜 텃밭의 주인이 되었다.

잊지 못할 인연

　빛고을 건강 타운 모던댄스 프로그램에 참석하고자 아침 일찍 쫓기는 시간에 허덕이면서 커피를 좋아하는 우리 부부는 커피타임까지 가졌으니 항상 지각이다.

　먼저 와서 대기하고 있다가 입구에 우리가 나타나면 얼른 자판기에 동전을 넣고 따끈한 커피를 뽑아 우리 앞에 갖다 놓는다.

　미안하기도 하고 고마운 마음에 감사할 뿐이다. 부부댄스를 오랫동안 함께하면서 형제자매보다 더 가까운 사이가 되었고 아이고 하면 왜냐 하고 걱정해 주는 분신 같은 존재들이 되었다.

　몸이 아파 결석하다가 끝내는 뒤처지게 되어 쉴 수밖에 없는 형편에 이르게 된 나는 할 수 없이 좀 쉬었다가 나가기로 하고 쉬는 시간을 택했다. 하루 이틀이 가고 한 달이 가고 쉬다 보니 몸도 마음도 지쳐서 빠지게 되었다. 그러다가 문학반이라는 글방을 만나게 되어 힘들지도 않고, 옛날에 꿈꾸어 보았던 글을 쓰는 재미에 흠뻑 빠지게 되었다.

　다시 돌아오겠다고 약속했던 부부 모던댄스는 어쩔 수 없는 상황에서 망설이고 있는 나에게는 그들은 아주 멋진 인연이었다.

빈 망태

내 등에 짊어진 망태 속에는 무엇이 들어 있을까?

하루 내 종종걸음 돌아볼 틈도 없었는데 속을 들여다보니 텅텅 비어있네.
열심히 주워 담은 보물들은 송송 뚫린 구멍 사이로 빠져나가 흔적 없고, 손에 절만 한 양푼 데기도 하나 없으니, 세상 헛살았나 보다.

바닷물은 햇볕에 닳고 파도에 시달려도 변함없이 그대로 채워지고 산은 절뚝거리면서 세상 걱정 다 내려놓는데, 여든을 살고도 빈손 타령인가. 그래도 어려울 때 달려와 내 손잡아주고 위로해 줄 친구 있어 살아온 보람, 살만한 가치가 있는 것 아니었나?

빈 망태에 무엇을 채우려 욕심을 부리는가?

그리움이 스며들 때

전향자 **첫 번째 시집**

초판 1쇄 찍은 날 | 2025년 09월 08일
초판 1쇄 펴낸 날 | 2025년 09월 12일

지은이 | 전 향 자
펴낸이 | 최 봉 석
편 집 | 정 일 기
펴낸곳 | 동산문학사
출판 등록 | 제611-82-66472호
주소 | 광주광역시 남구 대남대로 340, 4층(월산동)
전화 | (062)233-0803
팩스 | (062)233-0806
이메일 | dsmunhak@hanmail.net

값 15,000원

ISBN 979-11-94249-18-4 03810

※ 잘못된 책은 교환해 드립니다.